著名中学师生推荐书系

黄荣华 主编

U0730650

点亮灵魂的灯

李汉荣
散文精读

李汉荣　原著

葛琪琪　编注

复旦大學 出版社

著名中学师生推荐书系
编注委员会名单

主　编

黄荣华

编　委

编 注 者 说

　　为更好地满足全国中学生朋友的阅读需要，我们约请了北京、陕西、河南、山东、浙江、江西、广东、上海等十多个省市的著名中学师生，推荐他们认为最有阅读价值的读本，并在此基础上构建了一个崭新的书系——"著名中学师生推荐书系"。这套崭新的书系体现了编注者的三大构想：

　　让中学生朋友们共享同龄人的精神资源。每位中学语文尖子都有自己的个性化阅读，这种个性化阅读在多数情况下应当是有普遍价值的，因为毕竟大家的年龄相当、阅历相似、文化背景相同。他们所以成为语文尖子当然有诸多原因，但他们的个性化阅读一定是一个重要原因。因此，把那些语文尖子的个性化阅读且具有普遍意义的著作，让语文尖子们自己向同龄人推荐，说出自己阅读的意义或方法，应当对绝大多数中学生朋友是有益的。

　　增加同学们的情感和思想积累。这就先要说到"应试"教育了——无论是现代文阅读，还是古诗词鉴赏，或是文言文理解，作文就更不用说了，没有真情分辨与把握，没有思想综合与揭示，考生最多只能拿到最基础的分数。因此，要想在语文考试中拿到高分，就必须注重情感与思想的积累……其实，一名真正的读者，是永远把情感与思想历练放在第一位的。这样的读者不仅可使自己成为有情味的人、有思辨力的人，而且永不会被迷惑，应对各种各样的考试就更不在话下了。

倡导一种语文观念——语文学习的重要目的是协调学习者与社会的关系。就中学生而言，如何与同学、朋友交往，与家长交心，与老师交流，与陌生人相待，是一门重要的课业，但今天的教育基本忽略了这一方面。我们在这套书系的编辑、评点中，也期待在这方面有所作为。应试能力也是一种与社会的协调能力。如果我们能把眼光放远点，我们就能看到，每个人的一生都会遇到无数次的大大小小的考试。一个没有应试能力的人是不能融于社会的。现在的问题是，我们把应试妖魔化了。这不能怪应试本身，而应责怪社会对应试的理解过于偏狭，对中学生应试的操作过于单一。我们衷心期待，阅读这套书系的同学能获益，哪怕从最基本的应试上获益。

上述三大构想正是我们编注这套崭新的"著名中学师生推荐书系"的理由，但这套书系的编注还有一个重要理由，那就是关注现代意义上的中国人的建设。

大家都知道，中国社会进入现代的标志性事件是五四运动。随着"德先生"与"赛先生"的到来，中国人逐步由近代走向现代。在走向现代的进程中，现代文学发挥着巨大的作用。现代散文的创作、流传与阅读，则成为了人们走向现代的最轻便的精神武器。

非常遗憾的是，当下中学生的阅读离现代经典作家的经典之作越来越远了。

这是不是意味着现代中学生不需要这样的阅读？显然不是！事实

是，21世纪的中国人依旧面临着从传统向现代转型的重要问题。从整体上看，今天中国人的民主意识与科学意识依旧十分淡薄，不少人的头脑中甚至还有相当浓厚的传统痼疾。这也构成了中国人现实的生存环境。因此，中学生阅读那些体现强烈时代精神、引领民族走向现代世界的现当代经典散文，就有着非常重要的意义。正是从这一宏大的主题出发，我们期待这套"著名中学师生推荐书系"在参与现代中国人的建设中，起到应有的作用。

鲁迅、胡适、林语堂、丰子恺、朱自清，当看到这一系列现代著名作家的名字时，我们的脑海中即刻浮现出一系列个性极其鲜明的现代中国人形象。鲁迅的沉重、深刻与灵魂拷问，胡适的轻巧、宽容与温情相待，林语堂的性灵、洒脱与幽默，丰子恺的从容、优雅与仁爱，朱自清的恬淡、淳厚与执着，每一位都有着极大的人格魅力，他们的思想与文采，他们的为人与为文，他们无论是作为现代作家，还是作为真正意义上的现代人，都值得21世纪的中国人去解读，并在解读中找到前进的最佳方式。我们更期待读者在这一系列作家作品的阅读中，集众人之"精气神"，把自己铸造成为崭新的现代人。

李汉荣、夏坚勇、梁衡、刘亮程、鲍吉尔·原野、李元洛，当看到这一系列当代作家的名字时，我们的脑海中也即刻浮现出一系列个性极其鲜明的当代中国人形象。他们的作品中表现出来的智慧人生、淳厚人生、诗性人生，都有着极大的感染力。他们作为当代散文创作的大家、名家，其作品都达到了我们这个时代的某种高度，因此值得人们去解读，并在解读中找到前行时必要的凭藉。

本书系此次出版的著作有：《点亮灵魂的灯——李汉荣散文精读》

《人人皆可为国王——梁衡散文精读》《遥远的村庄——刘亮程散文精读》《南方的河流——鲍尔吉·原野散文精读》《何处望神州——夏坚勇散文精读》《穿越唐诗宋词——李元洛散文精读》。

黄荣华

关于生活、阅读与
写作的答问

生：李老师，您好！早在中学时期我就熟知您的名字，因为您的诗文常出现在我们的语文教材和考卷里，与您对话对我来说可谓期待已久。首先，我想请您谈谈文学创作对您个人意味着什么？

李汉荣（以下简称李）：作为业余文学写作者，写作这件事与具体的物质生存没有多少关系。现在从事纯正文学写作的人，文学不一定会给他带来文学之外的东西，比如金钱、名利等，有时反而要为写作付出许多，包括熬夜运思，透支健康。我把我的写作定义为性情写作，是性情使然，是精神生命的一部分，如呼吸和血脉流淌一样，是生命的自然现象，若没有写作这件无用的事，我就呼吸不畅，血脉瘀滞，心魂飘忽无寄。我借由写作而触摸和安抚自己的灵魂。若我的文字遇到性情或灵魂质地与我相近的读者，我的文字也就顺便触摸和安抚了他的灵魂。

生：您主张回归到生命的本质当中去，与山河自然、生灵万物共呼吸。您的诗文中也随处可见对草木的赞美和敬畏，对动物的友善和怜悯，处处蕴含诗意和哲思。对于山水、自然，您似乎比别人倾注了更多的心血，您如何看待人与自然的关系？

李：西哲有言："神话是一个民族的记忆，记忆是一个人的神话。"与科学的前瞻思维很不一样，文学常常是向后看的，我甚至固执地认为，文学就是回忆的一种方式。

一个人的童年，就如人类的早年一样，离自然最近，离摇篮最近，离母亲最近，离神性最近，离梦最近，离诗最近——而这些美好的东西，都会随时光的流逝和历史的演进而逐渐淡漠甚至丧失。留住它们，就是留住我们灵魂的根，留住生命中最本真的部分。神话、童话、传说、诗，乃至一切真正的文学艺术，都是这种挽留。

我们的民族是农耕民族，漫长的农耕岁月和田园生活构成了我们的记忆和文化，对土地的尊敬和感念，对山河自然的依赖和感激，对草木生灵的依恋、怜惜乃至同情，积淀成我们每一个人内心里、血脉里最深最浓的情愫。即使在工业化和城市化快速推进的今天，这种记忆、情感和文化依然是我们灵魂的原型和底色。

我虽然早已住进了城市，但仍然留恋乡村和田园，烦躁的时候就想起故乡月夜的宁静，纷乱的时候就想起故乡原野的质朴和单纯，内心有贪念的时候就想起昔日乡亲们那清贫、安详的性情。有时做梦，还梦见小时候在林子里采蘑菇，在小河里打水仗，在村头稻草垛里捉迷藏的情景。

乡村，是我记忆的伊甸园。我无意美化乡村，那里有贫苦、有蒙昧，但是，它的田园、古老的建筑、淳朴的民风、善良的乡亲、鸡鸣狗叫的声音、拥绿叠翠的原野、白云缭绕的远山、一路哼着民谣潺潺而去的小河……这一切足以抵消物质的匮乏，而成为一个人灵魂的粮食，成为他精神世界的最初底稿，也成为他的美感和诗意的源泉。

我几乎每一篇诗文写作，总是由于自然景物或生灵意象的触动和感染而生发。即使那些悲天悯物的情愫，来自于我目睹大自然惨遭技术肢解、惨遭人类洗劫和摧残而生起的痛惜之情。

生：除了自然山水，亲情也是文学作品中一个永恒的话题。您的诗集《母亲》诗意地呈现着浓浓的母爱，《外婆的手纹》《祖父的生日》等多篇散文也传递了可贵的亲情。您如何理解亲情和文学创作之间的关系？

李：亲情是一种本能情感，亲情也是更深广的人类之爱、生命之爱和宇宙情怀的起点和酵母。一个宽广深邃的人，既要有一份深挚的亲情之爱，也要将这种亲情之爱升华、扩大为人类之爱、生命之爱和对真理与宇宙万物的博爱。亲情里包含着一份感人的人情之美和人心之美，亲情不只是一种伦理学，也是一种情感的美学。比如，我从母亲、父亲、爷爷、外婆身上流露出的质朴真挚的情感，从他们对亲人，对儿孙，对家庭，对自然山水，对土地，对植物、动物、生灵，对日常生活、生老病死和朴素器具的那种怜惜、心疼、呵护、感激的态度中，感受到一种由亲情生发的朴素的审美和心智，以及一种包含着亲情却又大于亲情的人伦风情和天地情感。

为了把这个话题说得到位一些，在此不妨说说我和外婆的感情，以及由此生发的伦理亲情和朴素的生命美感、自然美感和日常美感。

　　外婆出生于中医世家，面相刚毅，举止端庄，读古书，信佛——这是我后来才知道的，当时只觉得外婆能干、手艺好、待人热情，她每次到我们家来，都要为她的外孙们做针线活，我记得做得最多的是鞋垫。

　　我小的时候，在故乡，几乎家家户户的每一个妇人，每一个女孩，都会做针线活，都会绣花。甚至有一些男人，也会缝衣服、绣花。平常，人们都穿得陈旧，很多人衣服上都打着补丁。灰暗，构成了那个年月的底色和背景。但人们仍然有着单纯的快乐和对生活的简单期待——生活不得不受现实禁锢，但梦想常常高于生活。每当逢年过节，人们不约而同都穿出最好看的衣服，儿童、女孩、妇人们都穿着绣花的衣服。连最穷人家的破衣服上，也补上了新鲜的补丁。<u>这是手艺的展览，也是梦想的展览。</u>

　　现在想来，那时，人们不仅在生活中延伸着一种源远流长的手艺，也延伸着一种源远流长的文化和美德。缝衣绣花的时候，通过一针针一线线的细致劳作，人们其实是在重温某种心境、某种意味，这种心境和意味只有通过某种具体的动作和器物才能体会和抵达。打一个补丁，不只是修补了衣服的漏洞，也是在修复生活的残缺和心灵的创伤；绣一朵花，不只是装饰日子的暗淡，那更是一种祈祷，一种期待，一种于默默中对梦想、对情感、对生活的美好设计。

我们常常说，过去的人们总是那样古朴、安详、沉静、内敛，重礼仪，重情感，重操守。我想，这些美德的获得，与农业文化的自然环境和生活方式有关。天人合一，四时如画的美丽山水田园，陶冶了人们的性情；那种缓慢的、温润的、充满了人伦细节的日常生活，构成了人们细密柔软的内心世界和朴素美感。在工商社会和网络信息社会，具有这些美德和美感的人将会越来越少。

近来回老家看望生病的老母亲，在小时候疯跑过的原野、小河、山湾转了一圈，大有"山河不可复识"之感。用一般的眼光看，当然是"形势大好"，我也承认，日子好过了还不好吗？然而，内心更深的感受却是复杂的，所谓"进步"背后付出的代价很大，物质的缺失尚可弥补和替代，而精神的、人文的、内心的东西，有些一旦失去就再也不可再现和复得，真正是"一别永恒再不相见"了。那些动人的场景，那些古老的风情，那些代代传承的民间艺术，都被现代大批量、标准化、格式化、市场化的制造业快速取代，以它们为载体的文化和精神也正在快速消失。一些场景、一些风情、一些技艺，都是由长久的岁月和生命积淀而成的，它们是构成故乡文化的元素和灵魂。

写《外婆的手纹》这篇文章时，我感到了一种美好、深沉、温情的逗留，古典的单纯、朴素、宁静和深情，笼罩着我，我身心安泰、肝胆温和、表里清澈。我有一种"万物皆备于我"的透明、深情和圆融。在这一刻，我返璞归真，我回到了精神的故乡……

生：诗集《想象李白》以奇绝的想象力，融古典与现代为一体，信手拈来，诗意隽永。您在借"李白"寄托悲欢和所思的同时，也表现出对古典文化的钟情。可否谈谈古典文学对于现代文学创作的影响？

李：古人的诗文呈现的是一种天地诗意、山河美感、人伦之美和天真之美。比如李白，当然不仅是李白，几乎所有的古代诗人、文人，他们一生对大自然、对万有之美和宇宙之谜，都怀着热烈、虔诚、天真的感情和无限好奇，他们的诗文也呈现出一种深沉感念、浪漫情怀和清澈之美。

而在诗意稀薄、神性荡然无存的过度物质化、商业化、数字化、技术化、人工化的世界中，神秘感渐渐消失了。神秘感的消失，使我们好奇的灵魂没有了值得好奇的对象，使我们孤独不安的灵魂没有了来自大自然和宇宙的深刻安慰和神奇解药。

没有了诗意，没有了神秘感和诗性深度，所谓的现代文化，也就成了没有灵魂、没有精神本源的一片话语的噪音和符号的积木及信息的沙滩和知识的荒原，人的所有的言说与书写，都与本源、诗、真理和终极关切无关，而仅仅是人如何消费和处置这个物的世界的自言自语、自嘲自恋、自高自大和自暴自弃。于是，我们的灵魂完全搁浅在这个实际上已无法安顿灵魂的荒原。抑郁、焦虑、烦躁、无聊和空虚，成了灵魂的常态，甚至成了许多现代人的"内心生活"。

好在，所幸我们还有诗。诗（包括经典音乐）为被物质主义掏空了内脏的现代文化保存了一点古典的灵魂，为被消费主义掏空了心灵的现代人类保存了一点唯美主义，保存了一点神秘主义，保存了一点古典主义，保存了一点远古人类面对苍茫宇宙和无常命运而生发的神秘感、永恒感、崇高感和苍凉感。

我觉得，诗和文学，是我们找回或重温已丢失和遗忘的那种古人对天地万物的天真感情和清澈之美的有效途径。重温古典的文心诗魂，也是为日益世俗化、商业化、无根化、泡沫化的我们的肤浅心智和没有底蕴的失魂落魄的写作的一种棒喝、提醒和校正。对我们使用的日益丧失神圣指涉、命名能力和隐喻象征功能的浅陋的、毫无诗性和深度的工具化、泡沫化语言，也提供了一面映照的镜子，照见我们的语言和文本的浅、陋、窄、小、丑。同时，古典文学作为一种永恒价值，也为我们提供了不断返回源头去观照我们自身，去重建我们自身——包括我们心智、灵性、审美、想象力、批判力和语言的一种参照和启示。

生：您多篇（首）诗文入选大学、中学、小学教材，被视为"范文"，或多或少影响着一批又一批年轻人。对于年轻的创作者，您有什么好的经验分享？

李：年轻的写作者，在如今人人写作、人人发帖，除了守法的要求，已几乎是零门槛的网络环境和大众文化的语境下，在铺天盖地、遮天蔽日的语言洪流里和信息汪洋里，要守住自己的本心似乎更难，要写出自己的句子似乎也更难，要让众人在海量的作者和文字里，能够识得或记住某个写作者或写手的面目和名字，似乎也越来越难。在此背景下，作者既要有所谓的雄心，也要有平常心和本心。过量的或过分膨胀的雄心，难免会变成焦灼之心、浮躁之心、争强斗狠之心甚至投机取巧之心，而平常心和本心，却能使我们回到诚恳和本然之心，这恰恰是使你区别于他人的天然的特质和品质，再加上广博、系统和深入地对古今中外各种经典的阅读和沉浸，长期地对自我心智和文心诗魂的修炼培养，对生活体验和生命体验的积累和洞察，对文字功夫和文体驾驭能力的潜心锤炼和磨砺，你才有可能写出有自己语感、语调、语态和语法的句子，从而，为文学长河增加一滴或几滴不会轻易蒸发的水珠和水波。

生：《李汉荣散文选集》出版，得到读者高度认可，被认为是"一本难得让人安静下来、回到自身、回到本真、回到内心的好书"。在该书的自序中，您提到写作最核心的动力是对时间的崇拜，我非常认同您所说的"时间保存我们的灵魂，时间使我们拥有无限延展的精神生命"。在您看来，当下文学创作者如何才能做好时间的崇拜者？

李：这是个纲领性的问题。当我们对文学的本质，即文学的核心意蕴和功能，有了深一些的理解，我们就会奉时间为自己的唯一的"王"，从而知道自己该坚持什么，该看轻什么，从而真正去为永恒服役，为众生用心，为文学操心，而不是为功名利禄过分用心和操心。功名利禄，皆过眼云烟。当一切功名利禄消失了，在时间的河床里，留下的那不多的真金，才是真的文学和真的文心。

生：在您即将推出的新书《宇宙深处的奇遇》（暂定名）的内容简介中，我看到了"实验性""跨文本""精神漫游"等多个引人注目的词语，领略到了该书的独特性。您创作这样一部作品的动因是什么？

李：我们的文学和文化，绝大多数都是对地球上生老病死的描述和叙述，是对尘世人群，对此岸物事，对当下悲欢的记录、描述和唠叨，多数是并不高明、更不高深、毫无新意的描述和唠叨。我觉得这样的文字已严重饱和、超额和超量了。

而现当代天文学揭示的宇宙图景和真相，已经大大拓展了人对宇宙的理解，也彻底改变了那种天圆地方、以人为中心的狭隘时空意识，从而无限地扩大和延展了人对宇宙和生命之真相、奥秘与命运的想象和惊奇。随着宇宙视野的无限延展，人对地球、对人类、对自身命运的观照和理解也随之有了微妙而巨大的改变，人在宇宙中的孤独感、漂泊感、荒谬感、虚无感也在加深。

我的这个实验性文本就是一次练习突围。在这个作品里，我把背景放在无限的星空和宇宙空间里，写一个人的精神漫游，以及他的思想，他的哲学，他的美学，他的伦理学，他对现实的透视、批判与超越，他的宇宙观、生命观、道德观、宗教观。这一切都在广袤的宇宙背景里呈现和展开，让丑陋的更丑陋，美好的更美好，让那些高贵的诗性生命越过死亡的陷阱，在永恒之光的映照下获得永生。

主人公是一位跨越无限时空的漫游者，这种带着他的个人经历、族群文化、种群历史的超时空漫游，在宇宙背景的映衬下，让人能更深切地体认和洞察他所属文明的价值、困境和病灶，这对读者体认自身的生存境遇、文化土壤和精神生态，极具启发性。

作品几乎穷尽了一个人所能拥有的全部想象力的极限：大尺度的时空跃迁，惊心动魄的生命奇遇，不可思议的宇宙奇观，细腻逼真的细节呈现，以及融合了诗性想象、神性冥思和智性玄思的哲学思辨，在极大地满足人们对宇宙的无限好奇心的同时，又将人带入思想和心灵的幽深隧道，对宇宙的命运和自身的命运展开终极叩问和沉思。

写作本书和阅读本书都是对人的智力和想象力的一次极大挑战和考验。我在长达数年的沉思和断断续续的写作过程中，经历了宇宙观、生命观、道德观和宗教观的巨大颠覆和艰辛重建。我希望读者在阅读中也能分享这一补天造海的精神历程，作品将颠覆和改变那种半径过于狭小、严重缺乏生命境界和心灵张力的世俗人生观，大幅度扩大和扶正那种被琐碎庸俗的生存扭曲和矮化了的宇宙观，大幅度净化和提升那种被金钱的牢笼和权力的锁链长期禁锢、腐蚀而变得侏儒化、市侩化了的生命观和价值观。

当然，这只是我的一个尝试，我缺乏叙述的从容和严谨，我是个写诗、写散文的作家，缺乏写小说的训练。我很不相信自己的这个文本，至今没有勇气拿出来"示众"。

（原载于《语文学习》2017年第6期）

目　录

师生推荐的 N 个理由

我们"生命格局"的大小似乎是可遇不可求的，而李汉荣先生在他的文章里为我们指引努力的方向——回归自然乡土，唤醒时空意识，亲近古典灵魂，以此"点亮灵魂的灯"为生命指路。

这是一位心中深藏乡愁的作家，在他的笔下，小村是单纯的、"心肠软，人情厚"的、"脾气好，性子慢"的，好似将所有简单美好的词用在它身上都不为过。一方水土养育一方人，我心知肚明，他想说的、想感慨的、想赞叹的，是渗透进他生命的乡里人。

李汉荣先生懂得去潜下心来与自然进行沟通，让心灵回归最初的起点。天地万物，融为一体，在这般让人望而生畏而又心生敬意的穹顶下，无论是亲自执笔，用文字传达那些话语中道不明而又有几分韵味的细腻情感的李汉荣，抑或是寻求那方干净的土地的读者，都将被感化，终是听清了心灵的声音。

探索生而为人的原因和意义

复旦大学附属中学青浦分校教师　葛琪琪

　　"我们为什么活着?"是我们生而为人要思考的终极问题。这个问题很大,大到我们用一生来思考也未必想得清楚,大到古今中外不同的人得出了不尽相同的答案。最初读到李汉荣先生的《我们为什么活着》一文,我被那诗般的语言、谦恭的态度、透彻的思考和淳静的情致所打动,进而陆陆续续读了上百篇李汉荣先生的散文,发现几乎他所有的文章都是从不同的侧面在探索"我们活着的原因和意义"这个大问题。

　　寻求这个问题的答案,首先要思考我们能够活着的原因是什么。李汉荣先生的文章提醒我们,我们能够活着,"全靠自然、众生的护持和养育"——我们受惠于大自然为我们做出的牺牲,亦继承着我们的祖先千百年来累积下来的文明结晶——是"大自然的恩赐和同胞们的劳动"让我们能够以今天的形态存活于世。所以在他的文章中,不忘时时对大自然心怀敬畏和感激,深情款款地强调自然与心灵之休戚相关,并常在世间生命面前反躬自省;所以在他的作品里,不忘对先祖充满怀想和感恩,浓墨重彩地叙写着乡风与乡愁之刻骨铭心,并常在现代文明之中扪心自问……

宇宙之中，苍穹之下，几乎没有人能够逾越自己生命之时限，因此我们活着需要战胜苦难和死亡的无意义感。李汉荣的文章为我们指引了"在有限的人生里，感悟到不因我们离去而消失的永恒的东西"的方向——冲破我们所处"人工环境"的"狭窄的生存格子间"，重建人与自然的"生命联系"，点亮自己"灵魂的灯"并去亲近那些"古典灵魂"——从空间和时间两个层面上拓宽我们的"生命格局"。在他的文字中，田园乡村、山川万物是诗意的永恒故乡和心灵的纯净家园，乡愁里面亦蕴藏着穿山越海的赤子之爱。在他的散文里，一往情深地诉说着对时间的崇拜，不断翻腾着对古典文心诗魂的崇敬和热爱……

　　除了以上对于"我们为什么活着"这一"大问题"的深思启迪之外，我们读这本名为《点亮灵魂的灯——李汉荣散文精读》还会获得哪些生命启示呢？

　　唤醒"时空意识"。在中华文化中，"时空意识"源远流长，从《周易》的八卦义理，到《论语》中子在川上曰的"逝者如斯"，到李白的"夫天地者，万物之逆旅也；光阴者，百代之过客也"，再到陆机的"观古今于须臾，抚四海于一瞬"……生而为人，绕不开对人得以存在的空间载体和时间依据的思考。李汉荣先生是一位有着强烈时空意识的作家，无论是旧家具还是路边的野草，无论是身体上的疮疤还是衣服上的灰尘，无论是曾走过的巷子还是曾用过的肩担……都能唤起他那广阔的时空意识。在他看来，"空间只临时保管我们的肉体，时间却保存我们的灵魂，时间使我们拥有无限延展的精神生命"。相信精读他的文章也能够帮助同学们唤醒潜藏于我们民族心魂中的时空意识,把"辽阔的天地、永恒的时空连接起来",使我们的"生命体验的密度、广度、深度和强度因此而无限地增加"。

亲近"古典灵魂"。身处物质化、娱乐化、数字化的现代文明中,在李汉荣先生看来,我们的心灵和眼睛已经被严重污染了——"我们的心,我们的眼睛,已经被牢牢锁定在市场和利益的半径内,锁定在物质的尘埃里"。与此形成鲜明反差的是,我们那些能够"与天地对话,与万物对话,与永恒对话"的时代的先贤们,他们应成为我们的观照。因此他强调"重温古典的文心诗魂,也是为日益世俗化、商业化、无根化、泡沫化的我们肤浅的心智和没有底蕴的失魂落魄写作的一种棒喝、提醒和校正",建议我们多去亲近这些光照千古的古典灵魂,鼓励我们"尽量多读一些不朽的经典,与人类历史上最优秀、最深刻、最广博的心灵交流,并且传承那些伟大的心灵和高尚的情怀"。这亦道出了我们现今在中学语文学习中如此重视中华古诗文阅读的重要原因。

延展"生命格局"。不同的人,对事物的认知范围和精细程度不一样,他们的"生命格局"也就不尽相同。有人说,"格局大小决定成就大小,我们有什么样的格局,人生就有什么样的结局";也有人说,"把人生格局放大一些,站在更高的地方看奋斗的目标和意义,快乐自会降临";有人认为"生命格局"跟冯友兰先生所概括的"人生境界"有相近之处,提出"决定我们人生高度的是格局"的观点。"格局"与命运、际遇、天赋、努力等多重因素相关,我们"生命格局"的大小似乎是可遇不可求的,而李汉荣先生在他的文章里为我们指引努力的方向——回归自然乡土，唤醒时空意识，亲近古典灵魂，以此"点亮灵魂的灯"为生命指路——去感悟那"弥漫于天地万物、回荡于我们内心深处、轮回于时间全过程的感人神性，那种宇宙宗教感、庄严感、神圣感……于是，一种人生的意义感油然而生"。

"我们为什么活着"可能是我们要用一生的时间去思考的"大问题"，愿李汉荣先生在其文章中关于我们生而为人的原因和意义的探索，能给同学们以触动和启迪。

尘世中一缕自然的灵魂

复旦大学附属中学青浦分校学生　施靓艳

这是一位心中深藏乡愁的作家，在他的笔下，小村是单纯的、"心肠软，人情厚"的、"脾气好，性子慢"的，好似将所有简单美好的词用在它身上都不为过。一方水土养育一方人，我心知肚明，他想说的、想感慨的、想赞叹的，是渗透进他生命的乡里人。

他的母亲，愿意将葫芦叶子的影子，用针线，一笔一画地描绘在孩子的衣服、枕巾上，这是对自然的虔诚，更是对孩子无言的祝福。这位母亲所有对美的认识皆来源于自然，因而这般朴素又纯真，也正因如此，她的孩子才更加懂得欣赏自然，心怀敬意。

他的父亲，为无法帮助儿子安家而不好意思，却又无意间带来了更为珍贵的百草园。他心存温情，常随身带火柴，以备劳动者抽烟借火的不时之需；对于向他发过烟之人，他自然而然地视之为朋友，永存感恩。他清贫，清贫得令儿子心疼，但这样的清贫，正是他难能可贵的美德，亦是那地方人朴素性情的普遍象征。清贫，即无求，亦无畏，平平淡淡地度过一生，自知满足，永世留香。

还有小村井边的王婶、二叔、张爷、春娃他妈，虽作家笔下只提及他们的名字，但我想，喝着同一口井水长大的人，性情大都似井一般，慷慨、纯洁、质朴……

不仅是名为孙家湾的温柔小村，作家也曾到过号曰"水井巷"的老街古巷。这类地方，皆与城市相对，时间在这里放慢了脚步，留下了古往今来历史的幻想。"水井巷"中的水井虽普通，但它和所有历史遗迹一般，都是执笔的史者，是一方人的信念，是兜兜转转无法忘怀的执念。

这种经历为李汉荣带来的是对自然的无法言说的情丝。每一单元的文章好似都能看到自然的影子，渗进李汉荣的所思所想中。小时候的李汉荣在乡村无忧无虑的嬉戏，是他与自然的初恋，而身居城市后，明明与自然依然"相伴"，却仿佛异地恋一般，无法触及内心深处。见惯了城市中的生存竞争，大多数人为物欲遮住了双眼，李汉荣对自然的思念更甚，也由此引发了更深层次的思考。

在大量篇幅中，李汉荣认为，这是一个物质主义时代，人们为权、为名、为钱生活着，心与心不再靠近，情与情不再相通。贪得无厌、浅薄嚣张都是物质主义的附属品。人与自然的渐行渐远，是物质主义横行的结果，亦如一针催化剂，将人类推向更恶的深渊。自然与人的相离，令人们的烦恼情愁无处安放，僵直在快节奏的生活状态中，人们亦不自知。

我曾经对历史感到漠然，明明知道这是一段或动人或残酷的人情世故，却因无法感同身受而迷茫。我去大英博物馆，费力地嚼着注解，却依然迷茫；我深切明白这是一部宏伟的人类历史，试图大张旗鼓地感动自己，却是妄想。

是我出现了问题，还是社会存在的问题使我变成了这个样子？

我同学去看过兵马俑后，吐槽那里人山人海，几乎无法看清什么；甚至为了看传闻中杨贵妃洗澡的池子而大费周章走了数小时，最终只为挤挤攘攘匆忙拍张照片了事。

……

"我一直怀疑，那么多人仰望、环绕并争相攀爬的那座'神山'，很可能是欲望和垃圾堆积的假山。"

"我分明看见，人们正在通过所谓黄金的凯旋门，抵达精神的废墟。"

……

现在我知道了，是和自然的隔阂令我变得冷漠，是物欲造就的人工环境让我误以为这就是自然，但是在动物们被食用、被制成皮革为我们所消费之后，哪还有真正的自然？从此不再有莺飞草长的怡然美色，徒留满目疮痍，悲哀入骨。

现在我发现了，所谓无处安放的心灵的归宿其实就是自然，也只有自然，才能自始至终拥有如此广博的胸怀，愿意等待并接纳我的醒悟与回头。

李汉荣心中的自然是纯真的、清澈的、诗意的、通透的，它因而能够成为人们的精神导师。

李汉荣强调内心世界，视灵魂远高于肉体。物质主义令人们忽视了灵魂的重要性，长时间的蒙蔽令他们的双眼不再明亮透彻，再也无法看透本质，只余肤浅。他尊敬弘一法师、推崇老子、向往李白，皆与灵魂相关。深藏庙堂、傍水而居、迷梦饮月，他们远离了世俗，升华了灵魂，与自然相舞，便悟出了人生的真理。

他在羊的身上体察到了"善"与"美"，为其和平主义的善良、温柔打动；他将杂草视为大地永恒的主人，领悟到人与植物的平等。想要发现这些，仅有一双善于发现的眼睛是不够的，唯有拥有了自然的灵魂，张开心灵之眼，方能从细微处体会世间之大道。

李汉荣便拥有如此自然的灵魂，他可能并未完全脱离世俗，达至老子之境界，但是他珍惜着一切生命——他为揭开白菜的心，打扰了毛毛虫的安宁而内疚；为动物承受着人类欲望施加的痛苦而不忍——他洞察了人世间痛苦的来源与弊端，执笔控诉，只为点醒世人，亦警醒自己。

曾经的语文学习使我养成了急功近利地探寻文章"主旨"的坏习惯，好似明白了作者想要表达什么，便能松一口气。但是李汉荣的文章绝不能这样粗鲁对待，反之是需要细细品味的，它丝丝入扣，直击人心。阅读文集的过程于我是一个自我清理的过程，安静地待在李汉荣为我筑构的茅草屋中，查看着、清扫着自己的内心，终得成长。

愿你我最终都能在尘世中，如李汉荣先生一般，拥有一缕自然的灵魂。

落 得 俗 套

复旦大学附属中学青浦分校学生　　谢汪宇

迷迷糊糊从睡梦中醒来，却是毫无意识地拿来了一旁的手机。没有消息，几条微博推送，点进去，一看便是半个小时。挣扎半会，才不情愿地从床上爬起。

很多时候的有气无力，好像快成为了日常，像是体内太多的湿气，也像是一种对生活的麻木。知道自己太浮躁，浮躁到以为随意泡一杯普洱也是显得有些格调。

又不免产生与李汉荣相同的疑问："我们为什么活着？"

看起来这样的日子舒服得很，但有时自己也明白是多么苟且，最可怕的是愿意这样苟且，安慰自己"就这一下"，殊不知这样的谎言说了多少遍，终究是落入了"俗"的"套"。

若不是猛逼了自己一把，要静下心去读书，估计也不知道什么时候才会好好反思。试着慢慢咀嚼李汉荣的这些散文，不难发现其中揭示了太多现状，于我，是对于心灵的拷问。

总告诉自己很多事不能做，很多方面要懂得规矩。网页上浏览到的帖子，什么该如何提高自己的阅历，如何培养一个人的气质等，读罢李汉荣的散文再看，也终是觉得，落得俗套。人生在世，或许很多时候、很多事情是该自己慢慢悟过来再去尝试的，而不是所谓的你说我做，最终倒也不免会显得僵硬。

"这是最好的时代，也是最坏的时代。"

永远忘不掉的名句，在脑海中来来回回反复。感觉自己活得挺好，是因为始终没有意识到自己一直与俗沾着边。

城市的气息，如外滩的夜景，一览便有莫名的满足感。市区法国梧桐下的树荫，年代久远的弄堂与那些地道的路边小吃，显示这个繁华都市难得的宁静与沉淀。其实，住久了，也终是习惯，或许还没有独自一人步入社会，还没有见识到这一切光鲜亮丽的背后是一副怎样深沉而又不可揣测的面孔。现在的一切都刚刚好，如果可以，真希望这样的年华能多停留一会儿。

很多时候总想待在家里舒服地吹着空调，但日子过久了却又发现根本不是那么回事。活着该是行万里路，去亲身体会与经历，而不是整日与网页、App 相拥，怕是最后会丢了初心，也没了远方。

整日这样与社会的戾气接触着，最宝贵的还是拥有自己的主见，还是该学会如何与这个世界、如何与大自然打交道。

一如李汉荣先生懂得去潜下心来与自然进行沟通，让心灵回归最初的起点。天地万物，融为一体，在这般让人望而生畏而又心生敬意的穹顶下，无论是亲自执笔，用文字传达那些话语中道不明而又有几分韵味的细腻情感的李汉荣，抑或是寻求那方干净的土地的读者，都将被感化，终是听清了心灵的声音。

转身看这个社会，面前是现代人的浮躁与华而不实。就像那些华丽而浮夸的辞藻，经不住沉淀，最后终于消失在时间一遍又一遍的冲刷之后。现在的人学会了隔着冰冷的屏幕向他人抑或是素未谋面之人道出冰冷甚至残忍的言语，发现道德原来不仅是用来约束自己的，有时候更可以拿来威胁与逼迫他人，不懂得什么才经得住考验，只懂得追捧那些华而不实的事物，不懂得什么是正确的，盲目跟风，却也让自己丢了初心。在这个"最好"又"最坏"的时代，灯红酒绿与物质带来的欢愉蒙蔽了多数人的双眼，让他们忘却了什么是正确的三观、真正的幸福，因而落得俗套。

若要让每个人都活得超脱、看淡一切，太不实际，若要让每个人都安心做自己、不要盲目追求物质而丢了自己，也同样荒诞。活得出彩很难，活得超脱更难。但活得踏实、活得本分，只要稍作努力与克制便可做到。我们生来与社会脱不了关联，落得俗套也实在正常不过，那么是否可以学会感恩？是否可以学会谦卑？学会礼貌？试着多读几本书，多拥抱自然，毕竟那般震慑心灵而心生敬畏的感觉，大多时候唯有自然可以给予你。

人生是一条很漫长的路，要靠自己的双脚走下去。可以搭乘便车，但那样你恐怕就少了几分毅力与志气，少了几分明智与锐气，可以偶尔停下寻找自我，但若要以一辈子为代价而停下之后的脚步，恐怕你就少看了太多风景。生命只有一次，履历再怎样好也终究是自己的个人财富。我还不曾明白书中所说那完美的，那所谓的灵魂与肉身和睦相处、水乳交融的面容是何样，但明白要好好做自己，好好带着初心走下去，要在这个浑浊的社会里寻到那一方清泉，去览最美的景色。

　　有如观摩一场无声电影，终是落幕。字里行间，心自是沉静了不少，答案也自然浮现于脑海。望着李汉荣愈行愈远，我们是否也该紧跟他的脚步。躁动久了，就会想念一个人独处的宁静。不妨坐下来，一个人，一个温暖的午后，与李汉荣一同，邂逅心灵最深处那个安静的灵魂。

　　愿我们一路走着，一路笑着，是发自内心地笑着，无论喜怒哀乐。

跨越时空的呼唤

复旦大学附属中学青浦分校学生　周雨蕴

洗尽铅华淡淡成，即使不在整洁素白的纸张上，文字依然犹如一面明镜，映照着作者的心。它澄澈地来到你心中那一片柔软的净土，轻轻地摇动那名为感动的心弦，浅浅的呼吸却在心尖儿上留下深深的痕迹。李汉荣先生的散文便是这样，似陈年月光的昏黄久远，似冬日暖阳的温和安宁，似一杯春茗的满齿余香。

"我生天地间，真比一棵树更有价值吗？我能为这个世界撑起一片绿荫，增添一处风景，能成为旷野上一个可靠的标志吗？"面对大自然，不知你可曾也有过这样的感思？春日，人们享受着在小草陪伴下盛开生命的鲜花所带来的美景；夏日，大海向人们敞开双臂，热情地拥抱所有人；秋日，饱满的水稻破开衣壳化作饭桌上的白米饭供养人们；冬日，人们蜷缩在温暖的鹅绒被里，被另一种生物的体温包裹着得以度过寒夜。

我们为什么活着？为感恩，为创造，以真诚的感恩去回报大自然的恩泽，以加倍的创造去回报同胞们的创造。

在我小时候悄悄贴近窗户的月亮，如今依旧高挂在无垠的星空，可那蛙声一片的荷花池却不知去了哪里，许是同那长长的银河织在了一块儿，默默地注视着人类在她的故土竖起数不尽的高楼大厦。浓浓的黑烟悠悠地爬升，向世间炫耀它的威力，有着赤子之心的雪不忍看人类孩子走向歧途，便裹着白衣从天而降，用她柔软的双手安抚遇见的所有生灵。雪落在浮躁的大地上，温柔地为他披上一层凉凉的外衣；雪飘入奔跑的河流中，与荡漾的水波融为一体，驱逐着漂浮的污秽；雪融在人们的手心里，一遍又一遍地嘶声呼唤着，却少有人听见她悲戚的啜泣……

她茫然无措着，只得落满了人们的视野，渴望得到注意。最后，雪落在雪上，雪落在自己的怀里，雪在自己的怀里睡着了。终于有人从雪的美梦中走出，他听见了雪的呼喊，听见了大自然的痛呼。他尝试唤醒身边的人，却遭受阵阵哄笑，最终在一片漠然与冷笑中，他头也不回地走了。

他选择了背对时代，面朝时间。他来到了神圣的雪山，目睹了山羊洁白的葬礼，看见了矗入苍穹的雪峰，望见了宇宙深处走来的精神的巨人，发现了灵魂的真正形象——

人是拥有高贵性的。

"当时间发烫，命运迅速转暗，陆地沉沦，他将为这溃败的世界，保存最后一点古典的寒意，和与生俱来的纯真；他固守的高度，使不断下陷的地质学，保留了陆地上仍在上升的确凿记载。"

雪之赤子，用他澄澈的双眸注视着这个疯狂拜金、物欲横流、追名逐利的社会，他发现在这物质的荒滩上仍有闪闪发光的心灵宝石，灵魂如潮水般奔流于心中。当人们的善良慈悲随着大自然最后一点诗意被投入滚烫的消费欲火里，化为一点虚荣，几阵饱嗝便随风而逝时，这些闪耀的灵魂以"厚德载物""天人合一"的高尚、慈悲、智慧成为自然秩序、生命诗意、宇宙生机的呈现者和维护者。

他们听见了先人们遥远的回声，固执地认为生命并不是一次享乐，而是一种担当，他们以自己的善心与爱心分担自然界以及人世间的无穷苦难，在发自内心的责任感中感受到一种心灵的崇高幸福。这是同为人类无声的呼唤。

而大自然对于走上歧路的人类也并非无所作为，她将小动物带到人类身边，使我们在与"异类"的相处中感受到一种无忧的情趣。她播种下了植物，在它们开花结果时无意中照亮了人的双眼。人类在与它们的相处中变得简单、纯洁，以从容、宁静、无邪的心境领略生命与生命交流的喜悦，在潜移默化中得到了心灵的净化。这是自然无声的呼唤。

文字将这一切的一切表达出来，跨越了时空呈现在我们的面前，他直接地对所有心灵发出呼唤，叫它停一停，回过头看看父母、老屋、故乡、月亮、酒，叫它将目光跨过物质的纷杂，投向那深邃的灵魂深处……

第一单元　点亮灵魂的灯

　　天生了人的肉身这座庙，人一方面要维修好这座庙，同时要在庙里点灯敬神，点灵魂之灯，敬灵魂之神。是灵魂把有限的人与辽阔的天地、永恒的时空连接起来，是灵魂使我们意识到头顶的星空和内心的道德律的深沉召唤，是灵魂使我们能够在物质的宇宙里发现和敬畏一个精神的宇宙，从而在有限和速朽的人生里，感悟到不因我们离去而消失的永恒的东西——那种弥漫于天地万物间、回荡于我们内心深处、轮回于时间全过程中的感人神性，那种宇宙宗教感、庄严感、神圣感。

点亮灵魂的灯

——读《弘一大师传》

弘一法师以其
亲身经历告诉
我们不断的自
我修行和自我
超越的重要
性。

弘一法师（李叔同），是近代中国少有的圣人之一。我读他的传记，知道他也是由迷而悟，由俗而圣的。圣人并非天成，也需要修行，需要不断超越、升华，并在升华而达到的境界里全身心沉浸，渐渐地身心俱净，表里清澈，灵与肉均进入另一种状态，那或许是荣辱皆忘、魂天归一的大化之境，或许是悲天悯人、慈爱盈胸的大爱之境。很可能，这两种境界是共存于圣人心中的。在游目骋怀、寄情自然的时候，也即"审美"的时候，圣人是以前一种心境观照天地的；而在体察人世和生灵的境遇时，圣人是以后一种心胸同情着一切的。

在他未成圣之前，也即他"迷"着、"俗"着的时候，从他的照片里，可以看到一个逞才使气、风流倜傥的才子李叔同，目光和神态里流露出类似"成功人士"的几分自许和得意，你可以佩服他，但很难去尊敬他，他那时不过是一个高雅的、有出息的俗人而已。而到他削发为僧、一心求道学佛以后，李叔同渐渐成为了弘一法师，从照片上看，他的眉宇、目光、神情，都透出一种淡远、虚灵的气质，到后来，他终于完全褪尽俗气，整个儿看，从形与神、灵与肉，从看不见的精神内核的深处，透露出的是无比高洁的、完全精神化了的气息。那个肉身的李叔同、世俗的李叔同似乎已经蒸发了，留下的是一个纯粹的、被某种神圣的阳光熔铸而成的弘一法师——一个彻底皈依了某种精神信仰，又从自己内心深处发出精神之光来照耀这个世界的人——这样的人，就是生命被信仰照亮的人，也就是"道成肉身"。他的身体成为了一座庙宇，守着这座庙不是他活着的目的，他是要在这庙里点燃一盏心灯，供奉一颗伟大的灵魂，并用这心魂的光芒照亮存在的暗夜，照亮一切未明的事物，让生命和宇宙彰显出神圣的意味——这才是活着的目的和意义。

说到"肉身"这座庙，我们每一个人都有一座。恕我直言，现在的人越来越注重肉身、越来越轻淡灵魂，以至于许多人仅有一具无灵之躯了。肉身的装饰、肉身的充填、肉身的快感，成

佛家《无常经》中讲"相由心生"，的确，有什么样的心境，就有什么样的面相，一个人的个性、心思与作为，可以通过面部特征表现出来。微信、微博中也传播着一种有趣的说法："人的外貌，30岁之前是父母给的，30岁以后是自己修的。"这其实是有心理学依据的。

对这样的活着之境界，虽不能至，心向往之。我们凡俗之人虽难以达到将身体修成庙宇的境界，但要努力像陶渊明在《饮酒》中讲的那样，筑起自己的"心庐"，在那里为自己点燃一盏照亮灵魂的心灯。

了人们唯此为大的事，而肉身之内，除了层出不穷的欲望和本能冲动，已经没有了灵的位置和空间。西方哲学家批判现代消费主义、享乐主义、物质主义异化了人生，从内部瓦解和抽干了人性，说现代商业社会中的人不过是一些没有灵魂的"欲望之躯"，可谓点中要害。我们看到，多少人把肉身这座庙充填得五毒俱全，装饰得五色迷眼，打造得金碧辉煌，而庙里除了欲望，却没有灵魂的位置，没有灯的位置，基本上是一座空庙、一座黑庙。想来，真是有些虚妄，我们千方百计收拾着一座这样的庙，到头来庙一倒，就什么都没有了。这使我想起古代圣哲的教导："为天地立心。"天地无心，是人把一颗大爱之心赋予了天地，天地遂有了心；返观人自身，这句话更适用，人活着本无终极的意义，是人把某种意义赋予了人，人生遂有了意义。天生了人的肉身这座庙，人一方面要维修好这座庙，同时要在庙里点灯敬神，点灵魂之灯，敬灵魂之神。是灵魂把有限的人与辽阔的天地、永恒的时空连接起来，是灵魂使我们意识到头顶的星空和内心的道德律的深沉召唤，是灵魂使我们能够在物质的宇宙里发现和敬畏一个精神的宇宙，从而在有限和速朽的人生里，感悟到不因我们离去而消失的永恒的

异化，通俗地说，是人们自己创造出来的东西，或者人们自己做的事情，其发展的结果超出了控制范围，成为了一种异己的力量，反过来支配了自己，压制了自己。这时候，我们就说人被异化了。异化问题是马克思用来批评资本主义社会对工人、对人性的扼杀与扭曲的重要概念。

这是宋明思想家对道德修养的要求，由北宋张载提出："为天地立心，为生民立命，为往圣继绝学，为万世开太平。"（《张子语录·语录中》）

东西——那种弥漫于天地万物间、回荡于我们内心深处、轮回于时间全过程的感人神性，那种宗教感、庄严感、神圣感。我们能以有限之生，与如此广袤伟大的存在相遇并生出激情和美感，实在是值得感恩的幸运。于是，一种人生的意义感油然而生。

试想，如果肉身这座庙里，没有灯的光芒，没有灵魂的光芒，这座庙会是怎样的庙？几面肉墙，一堆脂肪之外，还有什么呢？或许围绕肉身，会得到一些短暂的快感，但不会有那种意味深长的美感；会得到一些浅薄的满足感，但不会有那种天长地久的意义感。庄子说："虚室生白"，虚静的房间会发出白光，而杂物充塞的房间除了杂物，不会有更丰富的东西降临。人生的意义，必须在"灵魂到场"的境况下才会发生，物质并不能自动生成意义，石头是硬的、静止的，水是软的、流动的，在一双物质的眼睛里，它们只是物而已。而在一双有灵魂的眼睛里，石头是建造宇宙神庙的材料，它见证了宇宙运动的神秘过程，它是时间的密码；水起源于我们的想象力不能抵达的上游，水流过世世代代人的身体和眸子，水里面保存着智者的眼神，保存着孔子"逝者如斯夫，不舍昼夜"的叹息和他投进水里

对物质的不同看法往往取决于我们的心境，清净的灵魂自会生发出明亮的人生意义。

的沉思的眼神，水保存着多少悲伤的眼神和喜悦的眼神。与水相遇，你是与多少眼神相遇？掬水在手，你是把多少流逝的人生掬在手中？看月亮升起，你会想起唐朝的月亮如何升起，唐朝的月光是怎样盛满诗人们的酒杯；看见山路上的车前草，你会想起《诗经》里的车前草，想起世世代代在车轮边摇曳着、芬芳着的车前草，于是这车前草就连接起古今的道路，我们不过是行走在古人的脚印里。由于灵魂的到场，事物就逸出了它实用性、有限性的枷锁，而与更广大的因果、更辽阔的背景发生了关联，那高出事物的有限"物性"、潜藏于事物背后的更深刻的属性——它的"神性"就随之敞开并呈现出来。于是，我们透过世界物质的运动轨迹，感悟到更加深奥和庄严的精神运动。就这样，到场的灵魂，主持了我们与世界相遇的仪式，人生不再是盲目混乱的物质运动的一环，而成为精神照亮物质的过程，成为意义生成的过程。反之，如果灵魂不在场，一切都是幽暗的、混乱的。不与事物更隐秘的结构、更神圣的秩序发生关联的折腾，都是无意义的。

我们的灵魂与宇宙万物、和古今性灵有着千丝万缕的联系，灵魂在场我们才能活出高远的生命格局，体会到"意味深长的美感"和"天长地久的意义感"。

再回到李叔同。他的传记里，写他每次入座前，都要拿起凳子抖一抖，然后才落座，他怕压死了凳子上的小生命，或许是栖歇于其上的小虫子。圣人之心，既至大无外可以包容宇宙，又至小无内竟然怜悯一只小虫。他的灵魂告诉他，众生平等，无论一个巨人、一头大象还是一只昆虫，都是无限宇宙中"呼吸的一瞬"，都是经历无穷生死轮回之后才拥有的生的一瞬，何其不易，何其当惜。伟大的灵魂里，才会有细微的情感，才蕴藏深邃的仁慈：他知道，在无限大的宇宙里，充满了莫测危险的宇宙里，小的，才更不容易，它们随时被忽略，随时都会受伤害，因而，小的、弱的，在一个暴力的宇宙里，在一个被弱肉强食的食物链控制的严酷世界中，它们更值得同情和怜惜。这种同情和怜惜，未必能修改进化链条的严密秩序，未必能改变弱者的根本处境，但是，它闪耀的道德光芒却让被"规律"主宰的冷冰冰的世界有了几许温暖和亲切，在速度和效率之外，我们体会到一种更感人的温情和诗意。

李叔同晚期的照片，定格了一种生命的仪态，一种精神的面貌，一种灵魂的表情。与他早期的形象相比，虽不说判若两人，却是迥然有别。越到后来，他清肃的形象，透露出越来越高洁，越来越寂远，越来越慈悲的气息。有一张他

这伟大的灵魂更能温暖地同情生命的不易，亦有更为亲切而精微的悲悯之心。

的背影照，他行走在小路上，前面是幽深的林木，他正往林中走去，隐约反射着光线的光头，布鞋里那双谦卑行路的赤脚，那安静无言远去的背影，都像写满了话语，如果他转过身来，我会看见一张怎样的脸呢？那脸或许与背影一样安静，甚至看不到确切的表情，但是，如果我们用心凝视，用灵魂解读，会从他的表情里，看到月亮从夜的深处投来的表情，看到盐从海的内部提炼出的表情，看到莲从淤泥后面升起的忧伤而芳香的表情。

那会是多么高洁、精纯、明亮的表情啊！

这样行走在大爱和幽境之中的背影，肯定被一颗深挚、宽广的灵魂引导着。灵魂到达怎样的境界，生命才拥有怎样的境界。一个俗人或恶人登上千仞高峰，他还是看不见精神的日出，因为没有灵魂引路，就没有别的力量为他去除生命中的俗与恶，纵然置身千仞，生命仍在低处。只有高处的灵魂，能引领我们到达生命的高处、深处和幽微之处，从而能透过幻象，看见真相，又从这真相里，看到那与我们灵魂对应的"心的图象"，于是，我们从更高的层次里，与万物达成和解并融合为一，让灵魂找到它永恒的故乡。

呼应了上文"他的身体成为了一座庙宇"的说法，亦精当地概括了上文的论述，道出了作者对弘一法师成圣的灵魂和生命境界的赞许。

灵魂就这样为生命引路，并且塑造着生命的

姿态和表情。我从李叔同的前后照片中，清楚地看见灵魂是怎样深刻地改变一个人，包括他的情感、行为、气息，甚至面貌和背影。

屠格涅夫曾经这样描述契诃夫的形象在精神引领下的前后变化，他说他把契诃夫早期的照片和中后期的照片放在一起进行观察，发现走上文学之路的契诃夫变得越来越深刻、善良、高雅和安详，与早期那个庸俗的、小市民的形象判若云泥，他认为这就是文学精神从内部改良和塑造了一个人，这种改变是如此彻底，以至于改变了他的面部特征，他认为一种高尚的精神和优美的灵魂，可以让一个人变得更好看、更有魅力，这已不是修饰、训练出来的所谓风度，而是灵魂内部的光芒照亮了一个人的身心，使人的表情里具有了更丰富的精神属性。

我曾听见一位女士说过她的失望，她说她活了 30 多岁，好像还没有看见一个让她感到真正完美的面孔，让她能从那面孔里既看到人的形式上的美感，又感到一种精神的、灵魂的光芒。她说她看到的比较优秀的面孔，也总有缺陷，要么形式大于内容，面孔不错却缺少神韵，要么内容大于形式，过多的精神痕迹堆积在脸上，内容挤压了形式，以至于伤害了形式。她所期待的完美

又一次呼应上文的看法，再一次强调"灵魂到场"对生命的重要意义，亦进一步表达作者对李叔同通过自我修行和超越，逐渐由内而外地改变自己的深切敬美。

内容与形式的辩证关系这里恰如其分地用来探讨不同人的面孔所反映出的形神关系。

的面孔，是灵魂与肉身和睦相处、水乳交融的结晶，是深切、宽广的精神世界从内部完成了对一个人外貌的塑造。是一个肉身的人高度灵魂化了，而优美的灵魂又被肉身珍藏和复写，并且恰到好处地呈现出来。

这样形神兼备的脸和仪态，显然不只与营养和服饰有关，更主要与信仰有关，与教养有关，与德行有关，与灵魂有关。当信仰缺席，教养荒废，德行匮乏，灵魂退位，沸腾的欲望乘虚而入成了主角，而它，欲望，如狼似虎的欲望，如油煎似火烧的欲望，又能塑造出怎样的脸，雕刻出怎样的表情呢？

老子的智慧

——重读《道德经》

水边的智者

老子是在水边沉思、吟哦的智者，老子的智慧，也可以说是水的智慧。他那个时代，世界还没有被垃圾和文化污染，大地与天空都很清洁，天下的流水都是清澈如镜，人的灵性和智慧，也都清澈如镜。他坐于水边，以天真看天真，就看见了生命的本体；以清澈看清澈，就看见了宇宙的究竟；用镜子照镜子，就照见了存在的真理。

不仅老子，孔子、庄子、孟子、王羲之、张载、王阳明等古圣先贤，都是从清澈、浩渺的春水秋波里获得启迪、得了大道。我国几千年的诗性文化，正是得益于遍地清流的灌溉，才氤氲出那样悠远、空灵的意境。我国古典文化是水的文化，我国古典智慧是水的智慧。若是没有那样的好水，中国文化会是另一个样子。

"知者乐水"，作者也是乐水之智者，曾写过如《河流是歌唱家》《沿河流行走》《泉》《野河》《水边的孔子》等多篇美文。

如今的我们，到哪里找那好水呢？而没了好水，我们还能创造出有着清澈美感、高深意境的文化吗？我很怀疑。

比如我吧，我总想着随时随地能"临清流以洗心，对碧潭而静思"，但是，如今哪里有清流、碧潭呢？好不容易找到一个勉强还有点涟漪的水洼或河沟，但是，你蹲下来看了好久，既看不见"日月之行，若出其中；星汉灿烂，若出其里"，看不见"落霞与孤鹜齐飞，秋水共长天一色"，看不见"在水一方"的伊人，也看不见"可惜一溪风月，莫教踏碎琼瑶"的月华流水，你多么希望随时面对那能够洗耳洗心的一泓好水啊，那样的好水是能够润灵府、养慧根、开天眼的。你耐着性子坐下来，在这很不好的水边，将就着继续等，继续看，因为你知道家里的水龙头和洗脸盆里是无法看见"乾坤日夜浮"和"江清月近人"的，这里好歹还算是一条河嘛。结果呢，看了许久，别的没看到，却看见浑浊难闻的水里浮出塑料、破鞋、死鸟的遗体，以及层出不穷的污物残渣，而那边，从隐蔽的秘密管道里溜出来的工业污水，正气咻咻地向这条曾灌溉了《诗经》、为唐诗润过色、为宋词押过韵的河流，大口大口吐着唾沫和脏话。你只好捂着鼻子，叹息着，转身走进一本古书，追着公元前老子的背影，向他老人家打听：亲爱的先生，你那时的上善若水、无边清流、遍地涌泉，都到哪里去了呢？

我常常想，老子在公元前的苍茫天空下，不需拉帮结伙凑个什么团队，不用申请套取什么课题研究经费，也不需加入什么协会弄个啥子主席、理事，更不用争夺什么大奖。他老人家纯粹为穷宇宙之理，解生命之惑，独自坐于幽谷山涧，行于河边泽畔，一心一意，全神贯注，仰观俯察，静思默悟。终于，他窥见了深不可测、高不可问的"天道"和"玄机"。

"无为"方能"无所不为"。

仅靠个体之沉思，一人之智慧，悟得了那样高深博大的真理，影响人类数千年而至今依然光华四射，此中有什么奥秘呢？

只有清澈的心灵，才能发现真理和智慧

我们可以想象，老子的那颗心，是多么的清澈，多么的纯真，又多么的深邃。当心灵不带任何杂念和杂质，清澈到透亮的时候，才可能完全澄明，完全敞开，达到"表里俱澄澈，肝胆皆冰雪"的赤子状态。而单纯到极致就是丰富，透明

这是道家的智慧，单纯与丰富，透明与幽深，相反而相成。

到极致就是幽深。这时候，心灵就像清澈的秋水，不仅显现出自身的秘密，也映照出整个宇宙的倒影和幻象。这时候，人不是用肉眼和俗眼，而是用心灵的眼睛，用宇宙赐予人的那双没有任何污染的"灵眼""法眼""慧眼""天眼"，去看，去打量，去发现。于是他看见了宇宙万象都在向他诉说，存在的深意都在向他默默呈现；整个宇宙，都在向他泄露那深不可测的"玄机"，和那高不可问的"天意"。于是，那未曾被领悟的真理，被一颗澄明的心蓦然领悟。无限的宇宙，在这一刻之后，就显得不仅可以被仰望，而且可以被人类高贵的心灵所认领。因为有人目击了天道和真理，这纷乱的人世，从今而后，就有可能按照"天道"的暗示，运行出它自己的秩序。老子出，天地清！是因为我们的老子，他有一颗清澈的心，他有一双赤子的眼啊。

佛家分"肉眼""天眼""法眼""慧眼""佛眼"五眼，是指从凡夫至佛位，对于事物现象终始本末的考察功能，分别为凡夫、天王、罗汉、菩萨、佛所具有。

只有这样明澈的心魂和明澈的眼睛，才可能邂逅智慧，看见天意，发现真理。

被严重污染了的
现代人的心灵和眼睛

为什么现今世上拥挤着无数的眼睛，却没有

几双眼睛能目极苍穹，洞穿尘嚣，发现真理？是因为我们杂念太多、私欲太盛，我们终日、终年、终生，都戴着名枷利锁，都瞅着功名利禄，我们都铁了心做欲望的奴隶，我们，不是真理的追问者和追随者，不过是被自己的欲望绑架和奴役着的可怜奴才！居庙堂之高者，未必忧其民，很可能紧盯着几顶帽子；处江湖之远者，未必忧其君，很可能死瞅着几叠票子。而学术的金字塔上，又有几人，挣脱了利益绳索，超越了功名算计，而纯以一颗赤子之心，赤子之眼，去极目苍茫，叩问未知，求索真理？

所以我们要努力掀开功名利禄等重重生命的遮蔽，重回生命本真之境。

是的，我们的心里，堆积了太多的杂念和垃圾，以至于已经没有多余的地方存放美德和对真理的热情。我们的想象力，已经被金钱、物欲、名利的钢丝绳牢牢地五花大绑起来，除了对名利、对情色、对暴富、对升迁，我们有着史无前例的狂热想象力，对于生命之谜、存在之谜、宇宙之谜，我们几乎已经失去了想象力和思辨力。

是啊！人的心力和精力都是有限的，我们要时时懂得选择和舍弃，这就要求我们想清楚什么才是生命的必需品，思考我们为什么活着。

我们的眼睛，因时时要看权力的脸色，看利益的脸色，看股市的脸色，看楼市的脸色，眸子里已经沉积了太多的尘埃和血丝，我们已经顾不得看（也不会看）山色、水色、星空的气色、宇康德认为美是无功利的。利益遮蔽了我们的双眼，使我们越来越远离真善美。

宙的气色、真理的气色。我们生命的体积已经缩小在头顶的帽子和脚底的鞋子之间。我们很少在利益之外的空旷地带，去登高望远，去怀着虔诚之心，仰望真理的巅峰和彼岸。我们终生匍匐在利益的此岸，最后埋葬在这里，我们不相信在利益之外，还有个真理的彼岸。一句话，我们的心，我们的眼睛，已经被牢牢锁定在市场和利益的半径内，锁定在物质的尘埃里。假若化验一下我们的眼睛，再和老子的眼睛作个比较，我们定会吓一跳：呀，怎么，老子的眼睛是用秋水做的，中间镶着一枚水晶的瞳仁；而我们的眼睛是用淤泥做的，中间镶着一枚钱币的瞳仁。

诸位，淤泥做的眼睛，镶着一枚钱币的瞳仁，用这样的眼睛，能看见什么？能发现什么？

俗眼闭而天眼开，俗心息而道心现——用天眼去静观，用道心去领悟，这就是大智大慧、怀抱真理的老子。

天眼闭而俗眼尖，道心泯而俗心乱——用俗眼去猎捕，用俗心去争夺，这就是小奸小诈、藏污纳垢的现代人。

明乎此，我们就知道，为何老子有大智慧，而现代人只有小聪明。

我们要时时提醒自己：不要把聪明变成"小聪明"，而要努力把智慧变成"大智慧"。

作为造山者、造矿者的老子和
作为挖矿者、消费者的我们

　　我们在反观现代人的精神、道德和智慧境界的时候，难免要与古人，尤其要与古圣先贤作比较，得出人心不古的结论，甚至在情操和智慧方面，后人有不断矮化、俗化、实用化、浅陋化、扁平化的倾向。所以不断有人发问：在现代，真正能与古典的思想和精神巨人交相辉映、遥相呼应的心灵圣人、智慧巨人何以很难出现呢？

　　对此，我的理解是：远古时代是人类智慧和精神开天辟地的时代，圣人的产生类似于原始地球上的造山、造海运动。那时，人群中的先知和天才，是第一批仰望星空、叩问天道、求索真理的人，他们怀着巨大的好奇与震惊，向苍茫宇宙敞开自己苍茫的内心，他们既是天真的小孩，同时又是无比真诚的对天发问的大智大哲，"精诚所至，金石为开"，苍茫的人心和苍茫的宇宙之心相遇了，彼此互相惊讶、互相辨认、互相首肯、互相交融，于是弥漫于天地间的真理的巨流，与人的心魂贯通了，于是，那"天意从来高难问"的"天意"，被那些赤子之心顿悟并认领了。

此句出自宋代张元干的《贺新郎·送胡邦衡待制赴新州》。

有人说，人类有史以来经历了三个时代：巫术时代（即远古神话、传说、占卜的时代），艺术时代（即中古和近古注重诗歌、审美、情操的漫长农耕文明的时代），技术时代（即近现代膜拜科技、消费、娱乐的祛魅、渎神和非诗的时代）。

可以看出，在这三个阶段里，人类越来越远地离开宇宙和精神的本源，越来越近地趋向自身的福祉和物化的文明。一方面，人类福祉增加、文明进化，另一方面，人与神性日渐远离，由此导致人的精神创造力和想象力的退化。

而那些光照千古的心灵圣人和智慧巨人，大多都诞生在巫术时代（即神的时代）的后期，他们身上有着崇高的神性，又怀着对生命和宇宙之谜的绝对的虔诚和无与伦比的热忱，所以他们才能像盘古开天辟地那样，发现了天道和人心的奥秘，开辟了真理的星空，继而开启了诗歌、审美、情操的广阔天地，将人类带进文明的征程。

这也就是德国大哲学家雅斯贝尔斯指出的人类精神史上的"轴心时代"——大致在公元前六世纪到前一世纪，人类各宗教、各哲学中的伟大先驱几乎全部在这个阶段出现，西方的柏拉图、亚里士多德，东方的释迦牟尼、老子、孔子、庄子等，他们的思想和哲学，至今仍然烛照着人类社会。雅斯贝尔斯认为，我们今天仍然处在轴心时代的辐射范围。

回到前面的话题，何以现代不出心灵和智慧巨人呢？

有学者认为，古典社会是"信仰冲动力"占主导地位的社会，由信仰引导而产生了人的崇高的精神创造和心灵激情，而现代社会由资本引领，"经济冲动力"支配了所有人群和个人对利益最大化的追求和对欲望的填充，几乎成了每一个人的日常事务和中心工作。"信仰冲动力"被科技和经济耗尽了能量，科技成了人们迷信的现代宗教，物质成了人们的精神图腾，文化却成了商业和消费的附着物，变成了没有灵魂和伟大关切的消费文化、娱乐文化、大众文化、快餐文化、泡沫文化。"工商业时代的琐碎平庸的现实主义文学、实用主义哲学和科技理性，割断了宗教信仰的超验纽带"，人们对宇宙万物不再抱有神秘感和神圣感，对生命的终极意义不再有追问的好奇和热情，"活着就好""活在当下"的活命哲学几乎成了所有人奉行的普适性的最高哲学。在精神生活上，人们仅仅靠一些由传统文化的零星碎片勾兑、炮制的所谓"心灵鸡汤"来打点精神的匮乏、敷衍灵魂的饥渴。具有深邃心灵和终极关

度上下。这段时期是人类文明精神的重大突破时期，一直影响着人类的生活。虽然中国、印度、中东和希腊之间有千山万水的阻隔，但它们在轴心时代的文化却有很多相通的地方。

可研读德裔美籍哲学家亨普尔（1905—1997）的《自然科学的哲学》。

可研读美国思想家丹尼尔·贝尔的《资本主义文化矛盾》。

切的伟大哲学家、思想家、文学家几乎已经绝迹。

如果说"轴心时代"是人类精神和智慧的造山、造矿运动，大量的宝贵矿藏是在那开天辟地的时刻生成和蓄积的，那么，我们这些现代人，则只是吃矿者，我们享用着远古的矿藏和先人的遗存，我们享用着他们留下的智慧的煤炭、精神的天然气和心灵的页岩层。古人是创造者，是造山者、造矿者，我们只是消费者；而我们时代的那些勉强还算不错的所谓思想家、哲学家，顶多只能算是找矿者、挖矿者。由于他们也置身于这个没有信仰之神引领的技术和消费时代，在被科技笼罩的天空下和被经济学主宰的世界上，他们很难有真正的原创的智慧发现和精神创造，他们的许多似乎不错的著述和言说，也只是对古圣先贤伟大学说的转述、阐释和解读。

伟大的老子，就是轴心时代的智慧巨星，是人类精神世界的伟大造山者和造矿者。

生存空间、人口密度与智慧高度

出自李汉荣先生《越来越接近精神的天空》一文。

我曾在一篇文章里写道："如果我们老老实实化验自己的灵魂，会发现置身人群的时候，灵魂的透明度较低、精神含量较低，而欲望的成分较高，征服的冲动较高，生存的算计较多。一颗神性的灵魂，超越的灵魂，智慧的灵魂，丰富而高远的灵魂，不大容易在人群里挤压、发酵出来。在人堆里能挤兑出聪明和狡猾，很难提炼出真正的智慧。我们会发现，在人口密度高的地方，多的是小聪明，绝少大智慧。在人群之外，我们还需要一种高度，一种空旷，一种虚静，去与天地对话，与万物对话，与永恒对话。伟大的灵魂、伟大的精神创造就是这样产生的。"

后来我读到一本书，里面讲到一位法国历史学家布罗代尔作的研究，他说："人类历史上，文化创造最快、境界最高、最灿烂的时候，人口密度是每平方公里 30 个人。"每平方公里住 30 个人，每个人的生存空间很宽阔，一点也不拥挤，基本的生存供给也很充足，人的视野辽阔，心胸宽广，人与人之间比较亲善，较少竞争、算计和摩擦，他就有可能把心智投入到对生命、万物和宇宙的深度追问、沉思之中，从而有深刻的发现和精神的创造。

而现代人的生存空间越来越拥挤和狭窄，可供支配的资源也越来越少，有的地方一个小小县城就拥挤着十几万人，每平方公里人口密度达一万人以上，这几乎与蚂蚁窝的拥挤程度相类似了。在这样窄逼的生存环境里，人们不得不把心

费尔南·布罗代尔（1902—1985），法国历史学家。推荐研读其著作《文明史纲》。

这鲜明的对比令人唏嘘。这比喻类于"蚁（居）族"一词，"蚁（居）族"是"大学毕业生低收入聚居群体"，指的是毕业后无法找到工作或工作收入很低而聚居在城乡接合部的大学生，他们的精神和思想现状引人忧思。

智主要投入到生存竞争和劳碌之中，哪会有真正的哲学沉思和超验冥想？流行的所谓成功学和励志学，无非是指导人们在蚂蚁窝里寻找生存出路的一些技巧和方法，说到底还是人口太多、空间太窄、生存太难逼出的谋生之术，与真正的生命智慧和心灵觉悟则毫无关系。

许多本来从事精神创造的人也丧失了精神本身的内在驱动，而谋取名利倒成了他们从事所谓精神活动的真实目的，这实际上是一种与真正的精神创造南辕北辙的反精神活动，怀着谋利动机而制造的所谓"精神产品"能有多少精神含量，可想而知。

连精神活动都成了丧失了精神内核的谋利行为，更不用提别的行当，那就更是无利不起早的商业行为。在功利主义、消费主义主导的文化里，现代人已经很少有虔诚追求真理、探索奥秘的纯粹精神活动，无论干什么事，都伴随着投入与产出的功利算计。

这既与现代人丧失精神信仰有关，也与人口密度太大、生存竞争激烈有关，导致人们无暇顾及心灵的扩展和精神的升华，遑论生命的超越和智慧的创造。

从这个意义上讲，我们每个人所置身的拥挤

狭窄的生存空间，它所呈现的真相是什么呢？若撕去那一层薄薄的貌似温情的面纱，它主要还是一个市场、商业场、生存场、利益场、竞争场，不能说其间没有一点精神元素，但精神元素不多，层次也不高。人们在被污染了的自然界的大气层之下呼吸着稀薄的氧气，用以维持生存，心灵的天空变得低矮而黯淡，已经丧失了更为广袤的心灵的晴空和精神的大气层，我们主要是与周围的鸡毛蒜皮和狭隘的利益关联物构成的生存雾霾进行生理层面、生存层面和利益层面的浅呼吸和小呼吸，我们很少与那个无穷的精神大气层建立深刻的联系并时时进行心灵的深呼吸和大呼吸。我们心灵的吞吐量越来越弱越来越小。

仅仅为了在人堆里折腾、挣扎得像个人，就耗尽了我们一生的时光；仅仅为了安顿好这一百来斤的身体，我们丧失了无限的心灵宇宙。

我们可以想象，前述的那个精神巨人群星般涌现的轴心时代，那时候的人口密度大约是每平方公里 30 个人，这让世上总有一些人沉迷于穷究天地之奥秘，让一些人为人类面对的终极问题去进行深刻的求索和思考成为可能。

那时候，天地苍茫，人烟稀少，宇宙清澈，星空浩瀚灿烂如神奇的葡萄园，等待好奇的孩子

作者在《自然与心灵》中也有类似的表达："现代世界切断了人和自然与生俱来的生命联系，没有了鲜活、辽阔、壮美的大自然向人源源不断提供生命启示、诗意感召和心灵乳汁，龟缩在狭窄生存格子间的人，他们的生命格局，怎能不萎缩和窄逼。"

人们总认为自己与众不同，应该过异于平凡人的生活。但事实是我们中的大多数人不过大同小异，远没有想象中的那般特立独行。

伸手采摘。于是，西方的柏拉图、亚里士多德们去采摘了，东方的释迦牟尼、老子们去采摘了，接着，孔子去采摘了，屈原去采摘了。

相比于我们置身的这个市场、商业场、生存场、利益场、竞争场，老子置身的是什么场呢？

老子的身、心、灵是置于苍茫神秘的宇宙大气场里，那是一个无边无界的生命场、精神场、性灵场，可谓"真气弥漫，万象在旁"。他的心灵通透、精微而高远，有着无限量的广博和深邃，他精骛八极，神游万方，他心灵的规模和宇宙的规模相对称和互映，宇宙有多旷远、有多丰富、有多幽深，他的心灵就有多旷远、有多丰富、有多幽深。因此，他的所观、所感、所思、所悟，就达到了与宇宙对等的幽深、精妙和广袤。

假若老子活在当下，他要在人堆里奋斗、折腾和挣扎，他要为职称谋、为位子谋、为房子谋、为车子谋、为孩子谋，他要考虑市场的需求和受众的口味去写作畅销书赚钱，他要上电视讲坛，不得不为迎合收视率做媚俗或媚雅的煽情讲演，等等。虽然"道可道，非常道"，但是，没人爱听那"常道"（即永恒之道），那就不想、不写也不讲那个不赚钱的"常道"，那就想那出人

这也是我们应追求的心灵境界。

头地之道，写那升官发财之道，讲那赢者通吃之道——这下完了，求道之赤子沦为谋利之人精，真理之恒星沦为功利之流星，老子死，天地暗，众生迷。

好在，老子活在天地敞开、群星飞升的轴心时代，那个时代生成了老子，老子也照亮了那个时代，并注定要照亮无数个时代。

于是，在苍穹之下，大野之上，清流之畔，一个响彻千古的声音徐徐升起："道可道，非常道……"

同学们应思考"时代"与"我"的关系，更应思考如何克服我们所处时代的种种"时代病"。

老子语语见精微，字字藏秘奥

如今我们沉溺于碎片化、快餐化的浅阅读中不能自拔，终日把手机攥在手里，靠刷一些"鸡汤"养生兼养心。其实呢，全世界就那么几只鸡，每天却从数不清的锅里，不停端出千亿碗"鸡汤"，这"鸡汤"有多少营养呢？诸位想过没有呀？

其实，法国大作家大仲马先生早就说过，全世界最好的书，真理和智慧含量最高的书，也即经典之书、本源之书，也就那么三五十本，其余无穷的、铺天盖地的、各式各样的、各种档次的书，都是从这几十本源头之书里流出的支流或溪

推荐阅读尼尔·波兹曼的著作《娱乐至死》。

流、清流或浊流。人不必也不可能读完世上的书，有许多不入流的书根本就不值得去读。但是，一个渴慕文化、有精神追求的人，总得把那些源头之书、经典之书读下来，读深、读透，有了这种底子，再读其他的书，就能读出深意，读出滋味。而微信、微博之类的炸薯片和方便面等快餐知识，偶尔瞅瞅即可，根本不值得为那些没多少营养的"鸡汤"，去虚掷时间，浪费宝贵的生命。

意大利作家卡尔维诺曾提出经典的十四条标准，有兴趣的同学不妨也去找来看看。

老子的《道德经》，仅三千言，却真正是一句顶一万句的本源之书和经典之书，是每一个真正的读书人必须终生诵读和实践的智慧原典。我斗胆说一句对微信不客气的话：老子一句真言，胜过微信十万言。

老子给我们提供了一个星光闪闪、星河滔滔的智慧宇宙，微信、微博等只是在我们眼前晃晃灭灭的几束可有可无的手电光而已。

微信、微博等社交媒体，以轻盈的新媒体技术重新构建了人际关系和沟通方式，给我们的阅读带来了便利，但微信、微博上文章的内容确实鱼龙混杂，我们读之时要有所甄别。

让我们试着走近老子，洗耳聆听几段真言（限于篇幅，不录译文，让我们细读之，深思之，静悟之）：

五色令人目盲，五音令人耳聋，五味令人口爽，驰骋畋猎令人心发狂，难得之货令人行妨。是以圣人为腹不为目。故去彼取此。

上善若水。水善利万物而不争，处众人之所恶，故几于道。居善地，心善渊。与善仁，言善信，政善治，事善能，动善时。夫唯不争，故无尤。

持而盈之，不如其已；揣而锐之，不可长保。金玉满堂，莫之能守；富贵而骄，自遗其咎。功遂身退，天之道。

天下莫柔弱于水。而攻坚强者莫之能胜，以其无以易之。弱之胜强，柔之胜刚，天下莫不知，莫能行。是以圣人云："受国之垢，是谓社稷主；受国不祥，是为天下王。"正言若反。

大道废，有仁义；慧智出，有大伪；六亲不和，有孝慈；国家昏乱，有忠臣。

昔之得一者——天得一以清，地得一以宁，神得一以灵，谷得一以盈，万物得一以生。

不出户，知天下；不窥牖，见天道。其出弥远，其知弥少。是以圣人不行而知，不见而明，不为而成。

为学日益，为道日损。损之又损，以至

于无为。无为而不为。取天下常以无事，及其有事，不足以取天下。

大方无隅，大器晚成。大音希声，大象无形，道隐无名。

大成若缺，其用不弊。大盈若冲，其用不穷。大直若屈，大巧若拙，大辩若讷，大赢若绌。静胜躁，寒胜热。清静，为天下正。

信言不美，美言不信。善者不辩，辩者不善。知者不博，博者不知。圣人不积，既以为人己愈有；既以与人，己愈多。天之道，利而不害；圣人之道，为而不争……

老子语语见精微，字字藏秘奥。非心明如镜者，无以悟得；非上善若水者，无以说出。难怪，他是我们的老子，清澈的老子，智慧的老子，永远的老子！而我们，注定只能是他的儿子和孙子。

老子的无为哲学与宇宙本体

老子推崇"致虚极，守静笃"的精神修为，主张无为而治，无论个体的修养或国家的治理，都以虚静之心涵容之，以无为之道对待之。他感悟到宇宙乃是无边无际的"动"的过程，即：宇宙乃是一个"无穷动"。但宇宙并不是为了一个设定的目的而动，宇宙没有功利之心，宇宙的动是无欲、无名、无为、无功的"无目的、无功利之动"，宇宙的动是无所图的纯粹的神性运动。正因为宇宙无所图、无功利之心，宇宙才创造了这个被叫作宇宙的伟大作品，它壮丽无比、恢弘无比、神奇无比，人无法穷尽，神也无法解读，它的存在完全可以说是超越了人的智力和想象力，也超越了神的智力和想象力，达到了令人神共惊的程度，可以说宇宙就是以具象呈现的最高的虚构之物，也是以可辨认的物质材料造成的最不可思议的、最大的形而上的精神现象。这就是老子所说的无为而无不为，无功利而成就大功利。

无为方能无所不为，不争方能无人与之争。

那么，小小生物，包括人所图所求的那点所谓"功利"，对他（它）自身的微观生存可能是必要的，但在宇宙眼里，那点所谓功利，即便是诸如改朝换代、帝王登基等不可一世的大功业、大功利，其实都是完全可以忽略不计的，这些对宇宙而言是根本不存在的。因此，过分执着于一己之私，过分膨胀于功利之心，以致在自然面前逞强使狠，在同类面前斗智斗力，从自然的眼光

所以苏轼几经生命的震荡后领悟到"盖将自其变者而观之，则天地曾不能以一瞬；自其不变者而观之，则物与我皆无尽也，而又何羡乎？且夫天地之间，物各有主，苟非吾之所有，虽一毫而莫取"（《前赤壁赋》）。

老子的智慧　045

看来，这就是反自然、反宇宙、反天道的"盲动"。再者，宇宙虽是个"无穷动"，但"风暴的中心往往是极度的宁静"，就是说，看起来天地宇宙在不停地动，无以计数的运动着的风暴构成了宇宙的壮阔海洋，但支配运动的中轴或中心却是静谧的。大动者，却有一个寂静的、岿然不动的灵魂。这正是：大象无形，大音希声，大动不动，大为不为。所以老子主张顺乎自然，以无为之心，参与宇宙的无为之动。即使有所动，有所为，也不能揣一颗争强好胜、挑战自然、祸害生灵的小人之心去乱动、妄为，这就必然会伤天道，逆天理，损天物。人，不应该逆天而动、背道而驰、损物求利，而应该顺天而动、合道而行、惜物护生。这样，人才是协同宇宙、增益天地的一种正面能量，反之，则是自然界的一种负面的、破坏性的病毒和能量。

老子智慧与人生的最高境界

以下内容引自冯友兰先生《人生的境界》一文。另推荐同学们阅读冯友兰先生的著作《中国哲学简史》。

哲学家冯友兰指出，人生有四种境界，即自然境界、功利境界、道德境界和天地境界。

一个人做事，可能只是顺着他的本能或其社会的风俗习惯。就像小孩和原始人那样，他做他所做的事，然而并无觉解，或不甚觉解。这样，他所做的事，对于他就没有意义，或很少意义。他的人生境界，就是我所说的自然境界。

一个人可能意识到他自己，为自己而做各种事。这并不意味着他必然是不道德的人。他可以做些事，其后果有利于他人，其动机则是利己的。所以他所做的各种事，对于他，有功利的意义。他的人生境界，就是我所说的功利境界。

还有的人，可能了解到社会的存在，他是社会的一员。这个社会是一个整体，他是这个整体的一部分。有这种觉解，他就为社会的利益做各种事，或如儒家所说，他做事是为了"正其义不谋其利"。他真正是有道德的人，他所做的都是符合严格的道德意义的道德行为。他所做的各种事都有道德的意义。所以他的人生境界，是我所说的道德境界。

最后，一个人可能了解到超乎社会整体之上，还有一个更大的整体，即宇宙。……有这种觉解，他就为宇宙的利益而做各种事。他了解他所做的事的意义，自觉他正在做他所做的事。这种觉解为他构成了最高的人生境界，就是我所说的天地境界。

这四种人生境界之中，自然境界、功利境界的人，是人现在就是的人；道德境界、天地境界的人，是人应该成为的人。前两者是自然的产物，后两者是精神的创造。自然境界最低，往上是功利境界，再往上是道德境界，最后是天地境界。它们之所以如此，是由于自然境界，几乎不需要觉解；功利境界、道德境界，需要较多的觉解；天地境界则需要最多的觉解。道德境界有道德价值，天地境界有超道德价值。

冯先生体认的作为人生最高境界的天地境界，与老子的哲学境界是完全一致的。"静胜躁，寒胜热。清静为天下正。"老子哲学是要人放弃伪恶之心、"躁""热"之心，而修养正大之心和清静之心，放弃妄为、乱为而走向无为之为，最终达至"天人合一"的大境界。即尊重自然、尊敬天道，以一颗清虚、静笃、坦荡、正宁之心，以一颗不带任何杂质和杂念的澄澈、谦卑、纯良之心，为天地工作，为众生操劳，为永恒服役，达到与天地之大道合一的至高境界。

老子之眼，大而言之，是天之眼、海之眼，他看见了生命和宇宙的真相和真理；小而言之，是泉之眼，露之眼，他看见了寸心里藏纳着天地大道，也窥见了至大无外的苍穹里的微妙声息。

李　白

——梦游的孩子

人类精神史上的
奇迹、奇才、奇人

著名诗人余光中在其诗《寻李白》中评李白："酒入豪肠，七分酿成了月光/余下的三分啸成剑气/绣口一吐，就是半个盛唐。"

　　李白是伟大的诗人，是天才，也是酒徒。打开李白的诗，就会感到一种铺天盖地的侠气和酒气，扑面而来。好像整个唐朝就是一间巨大的酿酒作坊，长江黄河都是酒的波浪，风雨雷霆都是大唐气冲霄汉的酒令，地上的三山五岳，天上的日月星辰，都是高高举起的酒杯。我太羡慕生在盛唐的古人了，他们简直是在激情、月光、酒和诗的笼罩下过着浪漫、微醺的日子，天天都在体验生命的高峰状态，时时都有脱口而出的千古佳句！不得了，简直了不得！大地变成了酒坛，也变成了诗坛，整个盛唐就是一个飘着酒香和诗香

盛唐造就李白，李白成就盛唐！

的巨大酒坛和诗坛（就像庸官俗吏几乎个个都会饮酒作乐，在唐朝，所有的官员和书生人人都能

吟诗咏文）。诗与酒，成为整个民族的生存仪式和生命信仰，这简直是人类文明史的奇迹，是人类精神历程的奇迹。我当然也知道唐朝（包括盛唐）也有不幸，也有苦难和阴影，但我相信李白时代的唐朝是最浪漫、最富诗意的，是大地史册上最精彩的一页。人的最高生存境界是"在大地上诗意地栖居"，受诗意之光照耀的唐人，曾经创造了最好的栖居方式。

唐朝是中国乃至人类历史上的奇迹，李白是中国精神史上的奇迹，是我们民族的千古骄傲。宇宙中有无数个太阳，宇宙中却只有一个李白。自然现象可以无限重复，无法重复的是巨大的精神现象。感谢李白，他用天真的诗情为我们打磨和保管了最好、最皎洁的月亮，我们的夜晚从此不会变得伸手不见五指，即使在漆黑的夜半，也总有他月光一样的诗句为我们照明。感谢李白，他用瑰丽的诗篇为我们酿造和储藏了最好的生命美酒，即使在市侩当道、伪劣盛行、诗意稀薄的浑浊年代，我们打开他的诗，就打开了真情弥漫、灵性芬芳的千古窖藏，我们仍可以邀明月共饮，与北斗碰杯，与永恒共醉，我们一度变暗的心灵又被盛唐的月光照亮，我们萎靡的情怀又被不朽的诗情重新激活，重新敞开，向真理和无限的星空敞开。"佳思忽来，诗能下酒；侠情一往，云可赠人。"诗中的李白和传说中的李白，一次次进入我们的精神和生命，为我们重新配置灵魂，重新换洗性情，凡是受过李白感染的人，身上或多或少都注入了古代中国的纯真情思和浪漫气息。"安能折腰摧眉事权贵，使我不得开心颜！""李白斗酒诗百篇，长安市上酒家眠，天子呼来不上船，自称臣是酒中仙""五花马，千金裘，呼儿将出换美酒，与尔同销万古愁"……李白天真得可爱，纯洁得可爱，豪放得可爱，我不知道如今世上还能找到几个像李白这样可爱和有趣的人。反正我找了半辈子，至今还没见到踪影。

他在梦境里梦见另一个梦境

李白的一生，是醉酒和梦游的一生，随便翻开他的诗，就有一种酒气和醉意扑面而来。他是浪漫主义的酒仙和超现实主义的诗仙。左一杯黄河，右一杯长江，诗笔一挥就是半个盛唐。凡他足迹所至，都留下动人的酒令和精彩的诗句。天生一个月亮照亮了万古夜，天生一个李白浪漫了万古心。山因李白增色，水因李白添美，月亮因李白更皎洁，宇宙因李白更深邃。我们的大地，因留下了李白的足迹而更值得留恋；我们的母语，因收藏了李白的韵律而更富于魅力；我们的人生，因沐浴了李白的诗情而更值得一过。

我常想，我这一生乏善可陈，唯一可以自慰的是我与李白同姓，即使我一生碌碌无为，即使我一路荆棘缠身，我也不会轻易自杀，万一不小心一念之差把绳子刀子套上脖子，我会忽然记起"黄河之水天上来，奔流到海不复回"的好诗，啊，去你的刀子绳子，我哥哥李白亲口叮咛过：我随黄河天上来，我怕什么奔流到海不复回！于是，我"砰"一声踹开门，"仰天大笑出门去，我辈岂是蓬蒿人"，我提了一瓶五粮液，去找我的李白哥哥，换他的一千三百年唐朝陈酿老窖，我与他，尽挹西江，细斟北斗，万象为宾客！一杯一杯复一杯，与尔同销万古愁，喝上三天三夜，再喝三天三夜，还要喝三万三千六百个日日夜夜，直到喝干天上一千条银河。

当你知道天才的唐朝是醉醺醺的，天才的李白是醉醺醺的，唐朝的文化是醉态文化，唐朝的人生是梦态人生，你就会明白，李白的诗，绝不能以清醒的、常人的意识去解读，更不能以实用的、狭窄的、庸俗的、小资的、过于唯物主义的眼睛去解读，那就看走眼了，把李白看偏了、看俗了、看小了。为什么呢？因为李白是满怀着激

李白的一生，是自由洒脱、豪放高峻、浪漫飘逸、漂泊天涯、任性恣肆的一生。许多人说李白是"官迷"，如作者这里所言，他们"看走眼了，把李白看偏了、看俗了、看小了"！

情和醉意，用一双天真的、清澈的、飞扬的、迷狂的醉眼俯仰宇宙，激赏万物，领略大美的。他的眼睛看见的宇宙万象，类似于婴儿第一次睁开眼睛打量世界，那是投向世界的第一瞥，那是一个精灵第一次与宇宙发生的类似于开天辟地的神话般的如梦似幻的相遇和初恋！如同天真看见了天真，如同彩虹看见了彩虹，如同梦境里梦见了另一个梦境，他们看见的不是我们这些俗人眼里的这个见惯不惊的世界，这个住久了、用旧了、活腻了的过于熟悉和沉闷的老世界。不，映入他们——映入孩子眼中的，是亦真亦幻的"幻象"，是宇宙展开的不可思议的奇迹，以及这奇迹对他们心灵的持续震撼、无边笼罩、多情撩拨和神秘暗示，是宇宙的万千幻象带给他们的一连串的惊奇、惊讶、惊艳和惊叹。

世故社会里永远长不大的孩子

我通读了《李太白诗集》里的千余首诗，我对李白有一个不容商量的印象：李白哥哥，他就是一个一生都没有长大的好哥哥，一个可爱的大孩子，他到老都没有我们所谓的"成熟"，没有丝毫的世故和圆滑，在儒教占统治地位的古老中国，在等级森严、城府深深的宗法伦理社会，绝大多数读书人为了进入上流社会，为了求得功名富贵，都把自己打磨成处事练达、待人得体、进退有方、心机颇深（所谓"外圆内方"）的阅世高人或处世人精，而李白一生似乎都没有接受所谓的主流价值观，一生都拒绝进入伦理等级的樊笼，一生都没有学会也不屑于去学攀龙附凤、趋炎附势的人生依附学、溜须拍马学、随波逐流学。"我本楚狂人，凤歌笑孔丘"，可见李白不屑于做孔教的信徒，这不只是理性的选择，更源于他与生俱来的精神血统和价值认同，他祖籍碎叶（今吉尔吉斯斯坦共和国境内），有着桀骜不驯的游牧血统，大约五岁时，他才随家人迁居内陆腹地，在文化根性上他先天就属于"另类"，后来也极少受世俗伦理文化的习染而没有过分崇尚功名利禄，骨子里多的是傲骨而没有媚骨，心性里多的是浪漫激情而很少实用理性。他崇尚的文化，是楚地那弥漫着神性和巫性、蒸腾着醉意和诗意、将有限人世和无限时空打通的如痴如狂、如梦如幻的诗性文化。他崇拜的人物，是庄子、屈原这样的集天地万物灵气于一身的"天人"和"赤子"，而对那些终生都浸泡在世俗等级池塘里经营功名利禄的士大夫阶层，他是看不起的，他不屑于像他们那样把人生的赌注都押在体制的赌

李白的确写过许多拜谒书信，但其文中从没有过自我贬低，他最不会的就是依附于人。

所以清代著名诗人龚自珍云："庄、屈实二，不可以并，并之以为心，自白始。"（《最录李白集》）

李白　055

场上，那种孜孜于追求仕进的"君子"，在他眼里，其精神格局和生命气象，如同在蜗牛犄角里做道场，在蚂蚁窝里争输赢，那境界和格局，实在是太小太小了。

李白一生都在不停跋涉和漫游，在山水间跋涉，在梦境里漫游。他是在瑰丽奇幻、深挚迷醉的浪漫梦境里漫游了一生。这个大孩子好像没有家，他是以天地为家，以万物为友，以日月星辰为路灯，以无限宇宙为旅馆，以浩浩长风为导游，以银河为专列，以彩虹为专机，他游遍奇峰巨壑，他阅尽万里山河，他还想游遍宇宙星空！他想在有限之生里，穷尽无限之谜，猜透这个无比庞大、无比神秘、无比深奥的永恒宇宙的哑谜！他走在追寻的长路上就如同走在家里，<u>他走在地球上，却幻想着他就要走进宇宙的中央办公厅，就要走进储藏着无穷神话和奥秘的上帝的那间神圣密室。</u>

大孩子，这就是我通读李白全部诗作之后对他的整体印象。

呼作白玉盘：大孩子心中的月亮

孩子总是多梦的，李白这个大孩子的一生，<u>就是做梦的一生，是在梦境里漫游的一生。</u>

此文仅以李白诗中呈现的月亮、山水之意象，略窥诗人的梦态人生和醉态诗境。

恰如天下的孩子都痴迷那凌空出现的月亮，都喜欢在月光下仰观宇宙之大，冥想万物之谜，都喜欢在月夜里奔跑、丢手绢、捉迷藏、数星星、看银河、想嫦娥、说牛郎，大孩子李白也是这样。他一生都酷爱着月亮，礼赞着月亮。在他眼里，月亮，那不大像是一个具体的东西，而是他在梦中遇见的一个神物，或者，那是宇宙在它自身的恢弘大梦里梦见的一个幻象："小时不识月，呼作白玉盘"，往那白玉盘里，手一伸，就可以取出嫦娥姑娘送给我们的桂花糖。白玉盘，白玉盘，不仅是玉盘，而且是洁白的玉盘，可以看见盘子边上吴刚师傅亲手画上去的精致花纹——此刻，你不妨抬头看天，你还能找到那个白玉盘吗？你看见的是什么呢？如今的月亮已经变成了一个灰不溜秋的破瓦罐！对不起唐朝，对不起祖先，对不起嫦娥、吴刚，对不起李白哥哥，我们弄丢了你的千娇百媚的白玉盘，我们头顶只剩下了一个灰不溜秋的破瓦罐！我们若是丢了十块钱，就会难过三天，我们丢了那么好的无价的白玉盘，却不知道心疼，我们傻啊！我们得赶紧连夜行动，找回那个千古宝贝，找回那个白

在《李太白诗集》中，咏月之多达三百余处，足见诗人平生对于月亮的酷爱。

"白玉盘"与"破瓦罐"，恰如其分的比喻和幽默辛辣的对比凸显了我们现代人的惨重损失。

玉盘，还给李白，还给人民，还给众生，还给童年，还给爱情，还给心灵，还给诗歌，还给上苍，还给宇宙。在长大了的李白眼里，月亮仍然是那梦中幻物，而非物化的实在之物："花间一壶酒，独酌无相亲。举杯邀明月，对影成三人。"瞧，大孩子举杯相邀，月亮立即应声而来，天、地、人、月顷刻相依相融。"我寄愁心与明月，随风直到夜郎西"，月亮，是这位大孩子的贴身信使，瞬间可达千里，将真挚友情进行超时空快递。

"床前明月光，疑是地上霜。举头望明月，低头思故乡。"这首妇孺皆知、明白如话的童谣似的短诗，何以能感动千古读者？那是因为这个大孩子说出了我们人人都有的情感体验：无论身在故乡或他乡，在寂静的月夜，当我们一梦醒来，低头看见，床前，月光厚厚地、一层挨着一层落下来，积攒在那儿，似乎是可以用手掬起来赠给友人和亲人的。呀，这伸手可掬的月光，既是渺渺天意，也是厚厚人情，明月在这里，明月在所有的地方，明月在所有的夜晚，明月在所有思念的床前，明月把所有的故乡都幻化成陌生的他乡，明月又把所有的他乡都塑造成相似的故乡。

李白是怎样离开这个世界的呢？大孩子李

"月亮"这一意象在我们中国人的心中与思想产生神妙的联系，李白做出了巨大贡献。

白，到最后的时刻他仍是一个大孩子，仍保持着他的赤子之心，做着他的赤子之梦："青天明月来几时，我今停杯一问之。……皎如飞镜临丹阙，绿烟灭尽清辉发。但见宵从海上来，宁知晓向云间没？白兔捣药秋复春，嫦娥孤栖与谁邻？今人不见古时月，今月曾经照古人。古人今人若流水，共看明月皆如此。唯愿当歌对酒时，月光长照金樽里。"一生一世，这个大孩子都沉浸于宇宙万有的终极之谜，都在纯真的心里发着永恒的天问。传说李白是抱月而去的，他不是死于病痛，不是死于透支纳税人血汗钱的天价高干医院，不是死于享受国务院特殊津贴的著名专家特护病房，不是死于唉声叹气和过度医疗，他的死不是死，不是生命的终结，而是一个大孩子，一个宇宙之子抱着月亮远游他乡去了，月亮照耀了他一生，最后月亮带着他走了，重新开始了他永恒的浪漫梦游。

李白死后还留下采石矶（今安徽省马鞍山市西部的长江边）乘醉入江捞月的传说。

相看两不厌：大孩子眼中的山

且看这个大孩子眼中的山："山从人面起，云傍马头生"，险峻的山从人脸上陡然耸起，乌云傍着马头磅礴飘动，人与山，同构了一个极端惊险的意象；云与马，共舞于一个深不可测的瞬

李白　059

间。人与马，既是天地的过客，也是构成天地万物之根源和万有之谜的一部分。短短两句诗，寥寥十个字，似乎不经意间脱口而出，却浓缩了可以无限阐释的象征意味和诗学蕴藏，我们可以联想到：宇宙与生命的悲剧起源和惊险处境，想起必然降临的生命之旅和同样必然降临的生命终结，如山耸山崩，如云生云灭。这既是自然险境的写实，也是梦境的实录和造像，更是万物命运的象征。在李白那里，自然和人世万象，都不是逻辑和理性的产物，而是不可思议的宇宙大梦中闪现的奇异情景，是非理性的生命舞蹈和梦幻造型。在我国古代诗人中，最富于浪漫情怀、终极关切和宇宙意识的有两位诗人，即屈原和李白。这两句诗就包含着追问天地如何起源的宇宙意识和生命意识，诗句有四个意象，即山、人面、云、马头；两个虚词，即从、傍；两个动词，即起、生。极有限的篇幅，却压缩着无限的内涵，因为在诗人的瞬间直觉里，挟带了长久积压于潜意识中的生命困惑和宇宙冥想，天才的灵思和精良的造句，构成了一个浓缩着无限能源的语言和情思的核反应堆，足以释放远超过其语言体积无数倍的精神能量。由于他们平日沉浸和笼罩于心的，总是对万有之谜和生命奥秘的无限关切和永

峻伟的人格爱峻伟的山峰，眼中、心中之山峰自是不可思议、如梦如幻。

这就是诗人的伟大之所在！

恒冥想，所以无论何时何地，一旦灵感袭来，脱口而出，总能倾泻出言有尽而意无穷的深长意味，寄托遥深，意境幽渺，有如神谕。这两句诗，是直觉的和具象的，有着如临其境的现场感、惊险感、压迫感，却在直觉和具象里，灌注了抽象的追问和无限的冥思，由眼前险境，引人沉思和联想关于生命与宇宙的终极奥秘，于是诗就具有了大于诗高于诗的宗教追问、哲学幽思和宇宙隐喻——这并非我的过度阐释，因为，孩子的天真话语里，看似无心无意，却有着天地心和无限意。小孩子常常就是大哲学家，不经意间说出了庸碌成人决然想不到也说不出的深刻的真理。对李白的天真诗和豪放语，当作如是观。

诗人也在这诗中实现了自我超越。

"夜宿峰顶寺，举手扪星辰，不敢高声语，恐惊天上人。"在这个总在梦游的孩子那里，现实和梦境，此岸和彼岸，碧落和黄泉，有限和无限，人界和仙界，是没有距离的，它们本是一体的多面，是渺渺人幻里纷呈的心象。"寂然凝虑，思接千载；悄焉动容，视通万里。"人在红尘，心通苍冥。在这座夜的山顶上，那伸向星空的手，已然与永恒相握，能否升天已不重要，此时，他的心魂已经抵达天庭的深处，他已经是天上人，有了天上的户籍。

出自南朝刘勰的文学理论专著《文心雕龙》。

"相看两不厌，只有敬亭山。"李白面对的山，不是我等俗人眼中的石头之山，更不是用于"开发利用、升官发财"的商业矿山和旅游景点，而是有着高贵风骨的朋友——从远古就一直站在这里，等待倾心交谈，等待生死相托的忠诚不渝的伟大朋友。李白与山久久相望，他望见了什么？他望见了一种侠肝义胆，望见了一种地老天荒也不会风化的忠贞情感。

别意与之谁短长：
大孩子眼中的水

再看这个大孩子眼中的水。"黄河之水天上来，奔流到海不复回。"大水从何而来？大孩子说：从天上来。是的，这大水是从天上来，这大地也不是从天上来？这地球还不是从天上来？这万事万物，皆是从浩茫天宇间奔涌而来、一闪即逝的壮丽幻象。同样还是那条大河，梦游的大孩子再看它依然是"西岳峥嵘何壮哉，黄河如丝天际来"，那一根细若游丝的琴弦，弹奏着万古烟云，送走了百代过客；他看长江"登高壮观天地间，大江茫茫去不还"，他看见的是不停与我们相遇又不停与我们告别的长江，那已不仅仅是一条大河奔涌于天地之间，那是一位独自穿越茫茫时空的孤独大侠的苍凉背影。<u>孩子眼中的一切，既是如此神奇，又是这般多情</u>："请君试问长江水，别意与之谁短长"，长江之水已经够深够长了，而李白心中的感情，比江水更深更长，一切物化的、实用的尺度都无以测度和丈量。"桃花潭水深千尺，不及汪伦送我情"，在李白眼里，天地间浩荡的春水秋波，绝不是被科技"异化"了的我们这些现代俗眼里的所谓"氢二氧一"，不是所谓的化学元素，不是所谓的用于买卖和消费的水资源，不，不是这样的，<u>在李白眼里，那清清泉水、盈盈春水、耿耿秋水、浩浩江水，都是荡漾于天地间的情感波澜和思念深泽，都是永恒地奔涌轮回于时间河床上的记忆波涛</u>！汪伦，一个民间知音，一个草根友人，在大孩子李白心里的地位，却超过了帝王将相，超过了一个王朝的分量。古往今来，在秋水之渡和春江之岸，有多少惜别和相逢，有多少泪眼和惊喜？因了岸上的汪伦对李白的踏歌相送，全中国的河流，从此都有了桃花潭水的幽深，千年的河岸，绵延着动人的诗意和温情。

"仍怜故乡水，万里送行舟。"你看，这个离家渡远的游子，这个可爱的深情的大孩子，他在动荡不已的岁月之舟上，看见了人世的深情，你

同学们宜学习类似的过渡性语句。

李白　063

水来自天，亦是李白的归处，是李白生命的源泉。

看，这满荡荡的一江澄碧，正是从故乡一路追来的水，紧紧抱定他的倒影不放，依依地诉说着、叮咛着，依依地为他送行……

千古诗圣赤子心

——读《杜甫全集》

作为凡人的杜甫

诗人杜甫以他诗歌创作的实绩，以他忧国忧民、忧天忧地的赤子情怀，尤其是以他将律诗创作的意境、格调和语言提升至空前高峰的卓越贡献，被后世誉为诗圣。我国数千年诗歌史，诗圣只此一位，他的地位十分崇高。

圣，是后人对逝者生前言行品格的评价和追封，表达尊敬和崇仰。我通读了《杜甫全集》，感到杜甫在世时，其言行品格体现出他是实实在在的一个好人，凡人。他是很平凡的一个人。

人们说：把简单的事做好就不简单，把平凡的人当好就不平凡。大道至简，我以为此话揭示了做人处世之大道。杜甫一生，无须神化和圣化，他就是老老实实做人、严严谨谨做事、勤勤恳恳写诗，他的一生体现了一个字：凡。

作者开篇给予杜甫很高的评价，提到了杜甫是"诗圣"，但"诗圣"何以是"很平凡的一个人"？作者这样表述想要强调的是什么呢？

065

这可以说是当时中国读书人共同的追求。

严武（726—765），字季鹰。唐朝中期大臣、诗人，中书侍郎严挺之之子。初为拾遗，后任成都府尹。两次镇蜀，以军功封郑国公。他与诗人杜甫关系密切，常以诗歌唱和，杜甫曾入严武幕府任检校工部员外郎，故杜甫又有"杜工部"之称。

李白大杜甫11岁，二人在杜父杜闲的家里相识，后来两人各奔东西，有诗互相寄赠。《杜甫全集》中可以见到十几首，如：《赠李白》《春日忆李白》《梦李白》。

他早年参加科考，想弄个一官半职，为国家做点事；他也想把日子过得好一点，住房稍微宽一点，能有个读书写作的小书房。他的好朋友——当时的成都府尹兼剑南节度使严武资助他修缮了成都草堂，使他有了一段暂时安稳的生活，有了一个放稳书桌的地方，他对此很感激，多次在诗里表达对严武的感念；在国难当头的流浪途中，他做过郎中，采药制药，望闻问切，为病人提供一条龙服务，收取一点低廉的辛苦钱，供一家老小糊口保命；他心疼妻子，惦念儿女，他是一个好丈夫、好爹爹；他后来当了个副科级小官"左拾遗"，按时上下班，将办公桌擦得锃亮，文件摆放得律诗般整齐，像写美文一样仔细撰写公文，从不收受贿赂，别人的酒都不随便喝一口，偶尔与同僚下班后喝一杯酒，他也是不会白喝的，一定要赠一首诗作为答谢。他是一个勤政廉洁的模范公务员；他爱朋友，念故旧，他对李白的友情很深挚，梦里都担心李白被魑魅魍魉害了；他爱山河自然，爱草木虫鱼，爱琴棋书画，爱明月清风，爱君子美人，当然，作为最善于运用语言的诗人，他爱语言，爱诗，诗成了他的生命信仰……

以上，常人也能程度不同地做到。你说杜甫

平凡吗？当然，平凡。

但是，他能成为人们心中的千古圣人，他的貌似平凡的一生里，必有一般凡人达不到的非凡之处。

作为诗圣的杜甫

有一说法：智极成圣，情极成佛。智慧高深到极致境界就成了圣人，情感仁慈到极致状态就成了佛陀。

诗圣杜甫就是如此。且看：一般诗人写诗，表情达意即可，讲究点的，追求意新境阔，追求炼词、炼句、炼意以达到"人人意中有而人人笔下无"的效果，若有那么二三首能传至后世，就很安慰了，比起速朽的身体，自己的才情好歹也算"不朽"了。但杜甫不然，他对写作、对诗歌、对语言，有一种圣徒般的虔诚，几乎达到迷狂状态，他说过："文章千古事，得失寸心知"，他把写作当成千古盛事，从事文字的人怎么能敷衍千古呢？他发誓："语不惊人死不休"，他要求自己写的诗，不仅要感人，而且要惊人，对读者产生电击般的心灵穿透和情感战栗，使读者对诗的意境和蕴藏，产生深刻的心灵共鸣；诗人笔下的语言，应该如同夜晚的闪电，嚓——一下子就解剖了黑夜，一下子把群山放倒在手术台上，嚓——那闪电，一下子又把群山扶起来，人们猛然看到了黑夜的骨骼，看到了宇宙无穷的深黑里，闪电划开的口子里，奔涌着赤子的魂魄。杜甫是最善于"语言炼金术"的语言大师，语言在他笔下，不是简单地表情达意的工具，语言就是存在本身，就是生命本身，语言就像那燃烧的星辰构成了意义的深海和充满暗示的深奥宇宙。那些常见的文字和意象，经由他深沉情思的驱遣和重组，忽然都变得灵光四射而又难以一眼看透，意象之光的繁复交织和相互辉映，使本已极其充实的语境里，又罩上一重重灵思和暗示的光晕，语言的暗示、象征、隐喻功能在他笔下得到了最大化的增值，他的那些精美杰作，每一首都如一座语言的核反应堆，浓缩着高浓度的精神能量和高强度的心智感染穿透力，给人以无尽想象的空间。从而在七绝、五绝、七律、五律这种仅有几句、仅有一二十个字的极有限的苛刻篇幅里，压缩了可供无限挖掘和反复解释的情思矿藏和想象时空。我们静心细读和体味他的那些七律、七绝、五律、五绝，就知道他汉语运用的水平达到了怎样高超、高深、高妙的化境，那真正是字字钻石，句句珍珠，首首皆精品，篇篇是华章。所

海德格尔说："语言是存在之家。"

如此有力量的语言背后，是杜甫那难以抑制、不吐不快的情思。

以后世诗人和学者都公认杜甫是律诗和绝句的圣手（再反观我们笔下恣意流泻的滚滚文字泡沫，就知道我们不是在使用汉语，简直是在糟蹋母语，我们对不起自己的母语）。就他对诗歌和汉语的伟大贡献而言，我们应该永远感谢杜甫，杜甫是我们永远应该尊敬的写作老师和语言老师。他还要求自己写的诗不只感动当时，而且要能穿越时空，感动千古："尔曹身与名俱灭，不废江河万古流"，是的，那些为虚名浮利、为一时的掌声和花环而制作的轻浅的花言巧语和时尚文字，将很快被遗忘，其名声比其肉身会更快地消失，只有伟大深沉的心魂和由这心魂凝结的伟大深沉的文字，才会随那江河万古流。杜甫，他做到了，就在此刻，我笔下流淌的，正是杜甫的诗句，是杜甫的心跳、心血和心魂。

一般的人做人，做个本分人就行，不害人就行，你对我好我对你也好，对天下、国家有感情就行，自己过不好时顾不得别人，自己日子过好了才想起帮帮别人，对草草木木、虫虫鸟鸟不一定很同情，对人心善就行——当然，一般人做到这样也不错了，你不能要求所有人都是菩萨和尧舜。但是，杜甫不是这样，杜甫对人，特别是对百姓，对朋友，对国家，对天地自然和万物生

杜甫当是作者在《感念祖先》中感念的"那位诗人"。"他打磨语言如上帝打磨星星，内心的夜晚终于被他一点点打磨得精致而明亮，那些狂乱的心跳，渐渐停靠在和谐的韵脚上，于是生活渐渐有了朗朗上口的发音……我今天使用的语言都被他反复凝视和打磨过，我说话，不过是他的另一种回音，语调则基本相同。"

灵，都有着非常真挚、笃诚、深沉的感情。在"朱门酒肉臭，路有冻死骨"的昏天黑地里，他整夜整夜地失眠，悲悯受苦受难的百姓，在逃亡途中，不顾自己骨瘦如柴，若有一点吃的，他也要分一些给更可怜的人；唐朝快垮了，他苦闷焦虑得想哭，他竟然牵挂着试图重整江山的唐肃宗，他担心这位临危上台、日夜操劳的皇上能不能吃上一点肉补补身子；他比皇帝还爱江山和社稷，他眉头经常皱着，他皱着的眉头绝不是像贪官污吏之流的眉头，贪官污吏之流皱着的眉头盘算的是把天下的金银财宝都弄到自家的账号里和库房里，杜甫皱着的眉头纵横交织着的是国家的忧患、众生的苦难和人民的眼泪："感时花溅泪，恨别鸟惊心。""万古一骸骨，邻家递歌哭。"他为不幸死去的可怜百姓哽咽痛哭。他深沉的感情由人及物，他牵念天下，泛爱万物，同情生灵，"旧犬知愁恨，垂头傍我旁"，陪他多年的一条老狗也懂得人世的悲苦，替他分担着忧愁，他也怜惜着这只狗，生怕它死了。而当日子稍好，他就以宽厚的心境，分享着万物生长的喜悦和生灵的闲适："细雨鱼儿出，微风燕子斜"，我们能想象他时而水边俯首，与鱼儿同游；时而风中仰目，与燕子同飞，"留连戏蝶时时舞，自在娇莺恰恰啼"，他流连着生灵的流连，自在着万物的自在。他是如此地挚爱大好河山："无边落木萧萧下，不尽长江滚滚来。""锦江春色来天地，玉垒浮云变古今。"他的血脉里澎湃着古海长河，他的心魂里巍峨着高山大岳："窗含西岭千秋雪，门泊东吴万里船"，他从一个窗口看见千秋和永恒，他从一扇门里看见万里和无限。他爱家乡，有着浓得化不开的乡愁："露从今夜白，月是故乡明。"露，此前并不太白；月，此前也并不太明。自从被他深情的眼睛一夜夜提炼，被他真挚的诗句一字字点染，我们的故乡，终于才有了如此白的白露，如此明的明月。还是那明月："卷帘还照客，倚杖更随人。"卷了竹帘，送了客人，那深情的月光仍照料着客人归去，那深情的月光不忘记给那颠簸的影子也递过去一根拐杖。他热爱着朋友李白，但并不是为了求当时已名满天下的李白给自己写评论推销，刷微博扬名，或者借用李白的人脉为自己在唐朝作协弄个理事或副主席的破帽子戴到头上唬人（唐朝没作协），没有，半点都没有，他曾经连续三个晚上都在梦里梦见李白："浮云终日行，游子久不至。三夜频梦君，情亲见君意。"他挚爱李白，这是诗人之爱，精神之爱，纯洁之爱，不是爱他的身外之物、之

李白应该是杜甫的"偶像"了。杜甫结识李白的时候，李白虽刚赐金放还，但已是诗名远扬的大诗人了，而杜甫还默默无闻。

名，他爱李白的才华风骨，爱李白的浪漫天真，他爱着一颗高洁灵魂闪耀的生命光芒和精神光芒，这是才华对才华的欣赏，这是诗对诗的致敬，这是精神对精神的拥抱。爱在爱中满足了，友谊在友谊中满足了，诗在诗中满足了，精神在精神中满足了。在杜甫那里，爱之外，诗之外，友谊之外，精神之外，再没有更有价值的东西。今天，我们还有这样纯洁深沉的感情吗？

对生命和万物的赤子深情，伴随了杜甫一生。这种体现人之最宝贵品质的深情，没有因为时光推移而淡化，没有因为常人所谓的成熟和老练，而有一丝一毫变质和打折，终杜甫一生，都是深沉地为感情活着的人，从而才有了那沉郁顿挫、感天动地的不朽诗篇。

雨夜细节：韭菜与那首五言诗

"安史之乱"后，一年春天的一个雨夜，杜甫拜访久别多年的老友卫八，离久聚暂，相见甚欢，他们打开话匣子，说人生易老，说儿女成行，说生离死别，说得眼泪汪汪。叙说了一阵，开饭了，"夜雨剪春韭，新炊间黄粱"。饭香而可口，菜是土鸡蛋炒韭菜，味道清爽，难得地为瘦弱的杜甫补充了蛋白质，"安史之乱"后，整个

闻一多先生认为，李白和杜甫的相遇是中国文学史上最为激动人心的一刻，也许只有老子与孔子的相遇能与之相比，他还把这次相遇比作"太阳和月亮的相碰"。

唐朝都饿，整个唐朝都营养不良，唐朝的脸上泛着菜色。这个夜晚，生活并不宽裕的主人，慷慨地接待了杜甫，接待了诗，为诗改善了生活，也顺便为骨瘦如柴的历史补充了一点营养和蛋白质。"主称会面难，一举累十觞！"主人说：杜甫兄弟，见一面不容易啊，咱哥俩今晚一定要一口气把十杯酒干了！"十觞亦不醉，感子故意长。"杜甫连干三杯，说：就是连喝十杯也醉不倒我，因为你这诚挚的情义无限深长啊。那夜，雨淅沥下着，透着一股春寒，主人的夫人生火做饭的时候，主人就去门外菜园里剪韭菜，杜甫是厚道人，也是勤快人，他怎么好意思让老友忙这忙那，自己却坐等开饭吃现成的？"我们一起剪韭菜吧"，说着，杜甫就与老友到了菜园，韭菜水灵灵的。国家东倒西歪，韭菜却长势良好；朝廷树倒猢狲散，民间还保存着淳朴礼仪，你看，韭菜是如此认真细腻，又是如此诚恳亲切。韭菜一行一行的，雨落下来，一行一行的韭菜，就排列起一行一行的泪珠，排列起一行一行的诗，是的，整整齐齐的，清清爽爽的，押着韵的，合着平仄的，这不是天然的五言诗吗？与老友一同在雨地里剪着韭菜，杜甫眼睛有些潮湿，他没有让老友看见，只说，这雨水落在眼窝里，也想在我

此时杜甫被贬华州司功参军，偶遇少年知交卫八，深感人生聚散不定，得以相见，自然格外珍惜。

确实是"礼失求诸野"。

眼睛里住下不走了，可是，"明日隔山岳，世事两茫茫"，今夜之后，明年的春雨，后年的春雨，以后千年万载的春雨之夜，我们还能遇到吗？一行行韭菜，泪汪汪地排列成一首深情的五言诗。直到此刻，在我的窗外，那场雨还在淅沥着，那菜园里一行行韭菜，还在泪汪汪地，默念着那首五言诗……

就这样，一千多年前，那个雨夜里的春韭，被杜甫保鲜在一首诗里，至今仍散发着清香。

杜甫的诗，在一千多年后的今天，也成了能够诗化我们的雨夜并点亮我们心灵的明灯。

我们为什么活着

看见雪，我就情不自禁地感到自己的不洁和浑浊。把自己的全部情感和意识集中起来，能提炼出一朵雪的纯洁和美丽吗？我不忍心踩那雪地，脚上的尘埃玷污了它，记忆里就少了一个干净的去处。

从一棵古树下走过，我总是感叹和敬畏。它从古代就站在这里，它在等待什么呢？它这样苍老，深深的皱纹，让人看见岁月无情的刀刃。它依然开花、结果，依然撑开巨大的浓荫。不管有没有道路通向它，它都站在这里，平静而慈祥，像一个古老的圣者的微笑。

是一棵树就撑起一片绿荫，它所在的地方变成风景，风有了琴弦，鸟有了家园，空旷的原野有了一个可靠的标志。我生天地间，真的比一棵树更有价值吗？我能为这个世界撑起一片绿荫，增添一处风景，能成为旷野上的一个可靠的标志吗？

只有懂得"不忍心"，我们的记忆里才会有越来越多"干净的去处"。

在自然面前不仅有感叹和敬畏，更有对自己心灵的拷问。看到一些自然景物时，我们也曾有过类似的思考和感悟吗？

一棵小草，以它卑微的绿色，丰富着季节的内涵；一只飞鸟，以它柔弱的翅膀，提升着大地的视线；一块岩石，也以它孤独的肩膀，不顾风化的危险，支撑着倾斜的山体；一条鱼、一粒萤火、一颗流星，都在尽它们的天命，使无穷的大自然充满了神秘和悲壮……

人是什么？人活着的价值究竟是什么？我们天天吃饭（包括吃山珍海味），少量的被身体吸收，大部分都变成肮脏的排泄物；我们天天说话，口中的气流仅能引起嘴边空气的短暂颤动，很少能感动别人也感动自己，话，基本上是百分之百白说了；我们天天走路，走到天边甚至走到天外的月球，我们还得返回来，回到自己小小的家里；我们夜夜做梦，梦里走遍千山万水，醒来才发现自己仍然躺在床上……那么，人活着的价值究竟是什么？

我活着，全靠自然、众生的护持和养育，我这一百多斤的躯体，从头到脚，从里到外，浓缩了大自然太多的牺牲，浓缩了人类文明的太多恩泽。这皮鞋皮带，令我想起那辛苦的耕牛；这毛衣毛裤，让我遥感到另一个生命的体温；这手表，小小的指针有序地移动着，其微妙的动力当追溯到数百亿年前宇宙的神秘运作，以及当代的某几双全神贯注的可敬的手；这钢笔、这墨水、这纸、这书籍、这音乐、这萝卜青菜、这白米细面、这煤气灶、这锅碗、这灯光、这电脑、这茶杯、这酒……我发现，这一切的一切，竟没有一件是我自己创造的！全部是大自然的恩赐和同胞们的劳动。我占有的、消耗的已经太多太多了。为了我文明地活着，历史付出了百万年刀耕火种、吞风饮雨的昂贵代价。为了我快乐地思想，太阳、地球、动物、植物、矿物以至于整个宇宙都在没有节假日地忙碌着、运作着。为了我舒畅地呼吸，大气层、河流、海洋、季风、森林、三叶草以及环保站的工人，都在紧张地酿造着、守护着生命须臾不能离开的空气……

这是对"活着"有了较为透彻思考后的感叹，也是心存感恩与敬畏者的真情告白。我们要有此感念和自省之心。

天大的恩泽，地大的恩情。我享用着这一切，竟不知道努力回报，反而常常加害于我的恩人们：我投浊水于河流，我放黑烟于天空，我曾捕杀那纯真的鸟儿，我曾摧折那忠厚的树木，我曾欺侮赐我大米蔬菜的农民大伯，我曾鄙视赐我清洁清新的环保工人……

对待自然万物，无论是同类还是异类，我们亦应时时有此反思之心。

我一伸手，一张口，就享用着大自然，就占有着无数人的劳动成果。即使我躺在床上，不吃不喝，我也在享用着。我在享用这木头制成的床以及这棉被毛毯（而这都不是我创造的），我同时也在享用这和平宁静的环境（而此刻守边的军人正穿越一片丛林、蹚过一条冰河）……

享用着。几乎是时时刻刻、日日夜夜地享用着。享用？难道人活着仅仅是为了享用？不是为了享用？那么人活着的意义究竟是什么？

以真诚的感恩去回报大自然的恩泽。

以加倍的创造去回报同胞们的创造。

于是，感恩和创造，就成为人生最动人、最壮丽的两个主题。

于是，我听见万物都在默默地启示我——

这也是（本书中）作者多数文章的情与思。

蚕说，用一生的情丝，结一枚浑圆的茧吧；

树说，为荒凉的岁月撑起一片绿荫吧；

煤说，在变成灰烬之前尽量燃烧自己；

野花说，让你的生命开一朵美丽的花……

诗意何处寻（二则）

技术与诗情

　　面对一架精良的飞机、一辆豪华的汽车，或是一把精致的塑料椅子、一款精巧的智能手机，你都可以感叹人的智力水平之高和技术之发达，但不大可能对之产生诗意的联想和感情。因为它们本身并不含有诗意，它们为人的实用目的而制造，是技术流水线的产物——它们不仅毫无诗意，也毫无个性。

　　一个乡间老太太一针一线刺绣的鞋垫或枕套，为什么是诗意的？因为我们从这细密的针线、针脚中，可以感受到一个母亲的手纹和手温；从这针随心走、线随意牵而绣成的充满温情和想象的图案里，可以体会到母亲的内心情感和古老的乡村风情。相反，你从一把塑料椅子，一个新款手机那里，只能想到充满有毒气体的化工车间，想到密布着机床、检测仪器和被资本雇佣

"它们"的确与我们中国传统的古典诗意相去甚远。

这亦是从"艺术时代"流传下来的手艺。

的忙碌的操作者的手。对这些物件"前世今生"的任何想象，都与诗意无关。

一顶麦秸编织的草帽，把我们带回到故乡的麦田，带回到阳雀的叫声里，以及沿河吹过的晚风里。而一顶价值不菲的安全帽，你会按要求随时戴在头上，可它除了有限的安全功能，不会带给你别的更丰富的联想。

一个葫芦酒壶，让我们看到葫芦架下父亲的背影，看到月光透过花叶的缝隙洒在母亲的头发上。面对一个玻璃酒杯，你除了看见玻璃和酒，你看不见也想不到别的。

月亮，在任何时候望上去，都那么神秘、高洁，令人思接千载，神游万里，因为它是天造的，也即"神"造的。它不是人为了一个实用的目的用技术制造出来又用技术挂上去的一盏照明的灯泡，它是大自然不可破解的奇迹，因而它的意味是无穷的，它连接着宇宙的无限奥秘。

技术带来了方便和福利，技术也消解着诗意。

技术所到之处，诗意便被稀释或逐出。

当技术无所不在的时候，诗意也就十分稀薄，甚至荡然无存。

这就是为什么现代人总是渴望"回归自然"，

总有一些乡土记忆会唤醒我们生命中的诗意和温情。

"技术无所不在"，让我们的生活变得越来越纷杂，留给"诗意"的空间越来越少了。所以我们才会越来越向往"诗与远方"。

实际上是渴望回到有根、有诗意、有意境的生存体验中去。

回归自然，其实也是对技术统治的一种逃离，哪怕片刻的逃离，片刻的回归，也是对失去的"田园诗意"和"山水情思"的一种重温和补偿。

水泥路与土田埂

无论步行到哪里，若是看见水泥路不远处还有一条土路或田埂，我就会毫不犹豫地舍水泥而走泥土路，双脚一踏上泥土，全身就熨帖了，踏实了，与天地接通了元气。

踩着泥土，闻着土的气息，人有一种舒畅感，也有一种安全感。为什么？你此时踩着的泥土，也是公元前的上古先民踩过的，是孔夫子踩过的，是陶渊明、孟浩然们踩过的，是你的祖辈、你的爷爷、你的父亲、你的母亲踩过的，你的脚印踩在他们的脚印里。这就是说，你的生活是前人生活的延续，前人刚走过去不远，他们的足音，回旋在乡野的晚风里。于是，你的心踏实了，我们和世世代代的人们是同行者，我们不孤独，我们的旅途不荒凉，无数的先人们刚刚走远，我们赶来，正好接续他们的足音。

正如作者在《感念祖先》中说："后人就是先人的影子，后人也是先人们遥远的回声。"

沿着田埂，你会看见密集的野花、野草，正在精心刺绣着古老的乡土艺术，脚踩上去，那么柔软，你有点不忍心再踩，怕踏伤了野花的容颜，怕惊扰了蝈蝈和蛐蛐们，它们正在暗处的乐池里，弹拨远古流传下来的曲子，那是保存在《诗经》里的古风。头顶，时不时有鸟儿飞过，还不忘与你打一声亲热的招呼。燕子没把你当外人，它看你就是同住在一个屋檐下的好人，一个急转身，漂亮的燕尾擦过你的眉毛，你正准备惊讶，它已飞向那边，用你童年曾经模仿过的好听的燕语，向你连声表示道歉。你在阡陌上，纵着走一阵，横着走一阵，纵纵横横走了半天，才发现，你走在一首险些失传的田园诗里。

当然，水泥路，很硬，很干净，很光溜，它是专供车走、货走、人走的路，它不是野花闲草们的路，不是蝈蝈、蛐蛐们的路，它是笔直的，尽量笔直的，它多数时候都不转弯，尽量不转弯或少转弯，转弯会影响速度和效率，它不允许有偶然出现，也不会有偶然出现，除了偶然的车祸之外，偶然的相遇、偶然的诗意、偶然的趣味、偶然的惊喜，这些有意思的"偶然"，都不会出现。它笔直地，尽量笔直地，尽量缩短过程或取消过程，快速地从事务通向商务，从一条水泥路通向另一条水泥路。

水泥路很便捷，水泥路上，无诗，无露水，
无脚印，无记忆。

乡间的田埂上，还走着几首残存的诗。

语言的净化和复活

卡尔·克劳斯（1874—1936），奥地利作家，20世纪上半叶最杰出的德语作家和语言大师之一，但在德语国家之外几乎是鲜为人知的。

文学史上高峰林立，他们既是我们仰望和向往的对象，又是横在我们面前难以逾越的"障碍"，更是鞭挞我们不断向前的动力。

"我的语言是一个人尽可夫的妓女，而我却要把她改造成纯真的处女。"作家卡尔·克劳斯这样说的时候，他一定感受到了写作的难度，即我们所使用的语言是公共的，它什么都叙述过，也被一切所叙述。"影响的焦虑"无所不在，太阳底下无新事，语言见过、经历过一切，叙述过一切，我们面对的是一个被过度表达了的、被符号层层堆积和遮蔽了真相的世界，我们面对的语言是早已失贞、失真了的，是被无限滥用而贬值的，即在整体上已经丧失了表达能力的语言尸骸。这就是为什么我们常常有这样一种对写作的绝望：说什么都是废话，写什么都是重复，下笔滔滔，洋洋万言，甚至一生忙碌于码字，最终却很难有一两个真正有新意、真正属于自己说出的句子。但作为写作者又不能不使用你所属的语言（因为你不可能另外为自己发明一种语言）。这就必须改造它，并在一定程度上对之进行"发明性运用"，

以恢复和复活其表达生命体验和深邃经验的能
力——如同让一个失去贞洁、失去性能力的妓女重
新找回其对性的鲜活体验和生殖、生育能力，是何
其不易。而写作的意义恰恰就在这里，即复活语言
的暗示、隐喻、象征功能，让语言穿透文化和生存
的表面漂浮物，而深入到存在的更深水域，对存在
的真相和生命体验作深度呈现和揭示。

这也是我们学习语文的意义之一。

　　艾略特说过，诗的功能是"净化部落的方
言"，古代先民们正是通过诗来聚合部落成员的
灵魂和信念，在分散、辛苦、不安、迷茫、惊险
的原始生存中，部落成员很容易迷失甚至完全丧
失生存的方向和意志，从而导致部落的崩溃，而
这种崩溃首先从共同语言——母语，即部落方言
的混乱和污染开始。如果没有一种具有最高指涉
功能和隐喻功能的语言作为部落的共同方言，分
散的部落成员则各说各话，各走各路，久之，那
种由共同方言构筑的"集体想象空间"将被瓦
解，部落也将走向崩溃。诗的存在阻止了或延缓
了这一过程。那时候的诗是广义的诗，即指向心
灵、连接人与宇宙、沟通人与超自然力量之联系
的所有祭祀、占卜、祈祷等语言活动，都是诗
的，而那时的诗人则指所有从事灵魂的神秘交接
活动的人，巫师、祭司、舞者、歌者——他们是

托马斯·斯特尔那斯·艾略特（1888—1965），英国诗人、剧作家和文学批评家，诗歌现代派运动领袖。

诗歌是让我们直面语言文字去体会其中玄妙的文体。我国现存最早的诗歌总集《诗经》亦有此功能。

部落成员中想象力最丰富、神秘感和宗教感最强烈的人，面对部落的共同图腾与具有无限威力的宇宙大神，他们以最狂热、最真挚、最神秘、最感人的语言，召唤人与神和解，祈求部落昌盛平安，这是宗教的也是诗的仪式。神圣的祈求包含着所有部落成员的心灵激情和生存欲望，于是部落方言被净化了，每一次仪式上，狂热痴迷的言说又为这种方言注入新的经验和象征内涵，从而大大加强了部落方言（即母语）对每一个部落成员灵魂的感召力和整合力。被净化了的部落方言从而拥有了新的言说能力和象征能力，部落成员也随之有了更丰富的想象力、感受力和凝聚力。

在考察了诗的起源和早期功能之后，我们就大致明白了写作者的工作本质，尤其是诗人的工作本质：净化语言，经由写作者富于深度体验和鲜活语感的言说，清除母语习惯上堆叠的锈斑和污垢，使其澄明、纯粹，恢复其弹性和张力，使之重新拥有指涉心灵、揭示存在的能力。最早的诗人是部落中的巫师和祭司，现在的诗人和写作者则是巫师和祭司的后裔。随着时间的流逝，人类的生存方式不管有何种改变，诗及文学的功能大致都是不变的，即净化部落的方言。

面对语言即是面对一面锈迹斑斑的古镜，它

同学们宜学习类似的过渡性描述，让读者读起来思路更加清晰。

曾以它的清澈、透明和近乎无限的深度，映照了天地幻象和生存倒影，然而，时间锈蚀了它，尘埃污垢遮蔽了它，它已失去了映照的功能。写作，是启动语言、清理语言、刷新和再造语言的活动。写作的过程，就是打磨古镜的过程，清晰地从语言之镜中看见了自己也看见了众生，你的打磨就算成功。写作的人就是磨镜的人。

那些留传下来的文字，除了呈现出生存图像和生命体验的真实与深刻，也是那个时代最好的、最高级的、最有表现力和美感的语言。文论家说：散文是好的语言的好的组合，诗是最好的语言的最好的组合。散文是语言的散步，诗是语言的舞蹈。语言是写作活动的最后结果，也是读者面对的最终实体，写作过程几乎就是语言的再生和重组过程，而内容、生存体验和生命激情，只是激活和推动语言的动力和背景。

母语是一条流贯千秋的古老长河，它从迷蒙苍茫的远古起源，沿途不停地开辟河床，不停地汇聚生存和心灵的水波，渐渐变得浩瀚，也渐渐变得浑浊。在有些地段，母语之河也有干涸的危险和泛滥成灾的危险——它们都可能使母语之河失去灌溉的能力和映照两岸生存图景的能力。大师常常就出现在这些地段，他们是河的虔诚子

语言既是思维的工具，又是交际的工具。用自己的语言表达清楚自己的感受和观点，这里面映照了对自己的认识，也映现了我们对事物的理解。

在世界上古老的文字中，汉字可以说是时间最长的，因为汉字从它产生后到现在一直都在使用着，从来没有间断过。汉字是记录汉语的符号体系，得益于汉字的长寿，汉语作为我们中华民族的母语也从未间断过。

孙，河快断流了，他们就去精神的深山密林寻找和开辟新的源头，让母河在生存的莽原上开凿新的河床；他们是高峻的拦河坝，让泥沙俱下的洪水舒缓下来，得以沉淀和过滤，他们以自己的生命高度使河水有了较大的落差，发出哗哗之声或滔滔之响，形成精神的飞瀑，映照落日的血光和生存的泪光；他们是时间的守灵者和大地的忠实守望者，他们不逃避苦难却坚守着内心，携带着远古波涛和昨夜的山洪咆哮着来了，他们像山一样迎接着河的亲吻也拒绝着它泥沙俱下的暴力，洪水漫过去再漫过去，他们的心终于被流水凿成深邃的峡谷，整整一条河的顽石、伤痛、惊涛、船的碎片都保存在这峡谷里，而整整一个时代的黄金、宝石也都沉积在这峡谷里。而当母语之河流出这峡谷之后，便渐渐变得辽阔而沉静，这是因为它从大师那里获得了浑厚的语感，它有了叙述万物的能力和宽广的语境。

是"他们"承担起了维护母语之神圣与高贵的民族使命。

母语是长河，大师则是疏浚者，是拦水坝，是让河流发出轰鸣之声的峡谷口。大师的出现，或使干涸的河重新涨潮，或使沉闷的河变得清越，或使逼仄的河变得辽阔，以拯救更多的荒原，灌溉更多的植物，映照更高的领域。

第二单元　自然与心灵

　　现代世界切断了人和自然与生俱来的生命联系，没有了鲜活、辽阔、壮美的大自然源源不断地向人提供生命启示、诗意感召和心灵乳汁，龟缩在狭窄生存格子间的人，他们的生命格局，怎能不萎缩和逼仄；他们的心灵空间，怎能不孤寂和郁闷？

　　行走在长夜里，星光隐去，萤火虫也被风抢走了灯笼。偶尔，树丛里闪出绿莹莹的狼眼。这时候，唯一能为自己照明的，是那颗心。许多明亮温暖的记忆，如涌动的灯油，点燃了心灯。心是不会迷途的。心总是朝着光的方向。如果心迷途了，索性就与心坐在一起，坐成一尊雕像。

自然与心灵

　　山中清泉纯真的谈吐；路边小溪透明的、有几分羞怯的眼神；瀑布飞溅的、出口成章的诗句；倒影叠着倒影的清澈河流；月光下，那似乎在梦游中轻轻摇曳、与微风说着耳语的芦苇；山洼里那让人思接千载的森森古木；蝉声如雨，又忽然寂静下来的河畔柳林；雨后一碧万顷的晴空，晴空之上悄然出现的彩虹，描摹着被遗忘了的生命里曾经缤纷的超现实主义的诗意部分……

　　午夜那悄悄贴近窗口的月亮，把一封封素笺，从窗格投进来，整齐地放在你的枕畔，你醒来，突然看见这来自天上却无法回复的秘密家书；冬天，你熟睡了一夜，早晨起来，推开门，发现漫天白雪已将昨天那个熟悉的、藏污纳垢的老世界藏起来了，白雪按照童话设计的方案，将世界改造成洁白的天国，这突然降临的奇迹使你惊喜莫名，在白雪融化之前，连续好几天，你都沉浸在天国居民的欣悦之中，白雪使蒙尘的大地返璞归真，也让你蒙尘的心重温了童年的纯洁，这是上苍实施的大规模心灵洗礼工程，不只是你，多少人都接受了雪的邀请，返回童年，找回了自己丢失多年的那份纯洁；你在午后的旷野漫步，一群鸟在天上漫步，这时，一只鸟的影子，与你投在地上的影子相遇、交叠在一起，鸟影和人影、天意与人世，相遇、交叠在一起，使这寻常的一刻，有了非常的暗示，有了深不可测的深度，有了不可言说的神秘……

古人和我们的上辈人随处可见的上述那些诗意情境，如今已是稀罕之物，一些旅游景点也许刻意保存或制造了一些"疑似的诗意情境"，但那需要购票"消费"。我们随处可见的则是钢筋、水泥、轮胎、垃圾、污水、枯河、雾霾、灰烟、机械的狂乱尖叫，是华而不实的电子霓虹，以及由商业和技术打造的人工化、袖珍化的所谓"自然景观"，这种"人工自然"，实则是商业和技术的装饰性花边，虽以自然为名，恰恰极不自然，是毫无大自然原始魅力的伪自然，是自然的替代品，不可能像大自然本身那样给人以心灵洗礼、精神滋养和情感慰藉。

由此，我们就不难理解现代人罹患抑郁症者何以那么多，除了都市的拥挤、喧嚣和生存压

我们在日常生活中其实也常遇这样的"一刻"，不知你能否感受到其中的"深度"和"神秘"？

我们久居于钢筋水泥构成的"森林",真的很难感受到天地灵气的滋养,在城市之密闭丛林里难有自由自在的慰藉。

力,还有一个更深刻的原因,是人与大自然相分离,从而导致人与最本源、最丰富的生存基础、生命情境相分离。人与大自然终日、终年甚至终生,都是如此分离着,人们几乎看不见或极少看见令人耳目一新、心胸豁然的自然景象和诗意情境,难以从封闭沉闷的自我的甲壳里走出来,从格式化、数字化的生存格子间走出来,去出一会儿神,放一会儿野马,从而调整一下生命频道,清理一下内心储存,置换一种生命状态。有多少都市人,尤其是大都市的人,一辈子都没有见过田野,没有见过瀑布,没有见过森林,没有见过彩虹,也很少见过一碧万顷的晴空和"被上帝的无数钻石镶嵌的壮丽星空"。现代世界切断了人和自然与生俱来的生命联系,没有了鲜活、辽阔、壮美的大自然源源不断地向人提供生命启示、诗意感召和心灵乳汁,龟缩在狭窄生存格子间里的人,他们的生命格局,怎能不萎缩和逼仄;他们的心灵空间,怎能不孤寂和郁闷?

　　以我本人为例,如果一天不望一会儿远山和星空,心里就发堵、憋闷,觉得宇宙弃我而去了,我成了一个锁定在单位里和尘埃里的伦理微生物,单位意识和功利意识遮蔽甚至取代了宇宙意识,心胸就缩小了,似乎要向一粒甲壳虫的规

不能让我们的"生命格局"被"单位意识"和"功利意识"所局限!

格看齐；如果连续若干天不到深山和旷野里漫步和深呼吸，就觉得自己身体的肺活量以至于精神的肺活量都萎缩了很多，虽不至于走向锱铢必较，不至于满心都是羡慕嫉妒恨，但那种辽阔的胸怀、旷远的心境是渐渐淡弱了。

因此，能经常走出城市，走出人工环境，到旷野里去，到山野里去，到田野里去，随时与飞鸟交换心情，与白云交换手语，与静静加深的妩媚山色交换一下内心的颜色，让磅礴于天地间的浩然气象重新换洗和结构自己的内在生命，该是一种多么大的福气，这是天赐之福。如果，你安静地坐在春日的坡地上，长久凝视那安静生长和开放的不知名的野花、野草们……是的，它们在这不为人知的深山僻野，却活得如此安静、清洁而且认真，它们认真、一丝不苟、一瓣不少地开着一朵朵或鲜艳、或素净的小花，它们也在认真安顿自己小小的、清洁的一生。这时，你的心境会变得十分纯真、宁静和温柔，山野里一丛朴素野花带给你内心的感染、净化和慰藉，绝不低于或少于一座大理石教堂里的祷告所能给你的。由此，我们可以认定：大自然就是我们心灵的教堂，她的山河草木、飞鸟游鱼、繁星皎月、微物小虫、细雨轻风……她的一切存在，都是生命之

这也是生长于都市现代文明中的人经常要去游览自然风光的重要意义之一——在自然中我们的心灵会获得拯救和洗礼。

诗，都是心灵读本，都是大自然在为我们的心灵授课，为我们讲解短促生命里的永恒意味。

因此，在人工世界不断扩张的过程里，尽力呵护自然、挽留大自然的诗意，使其不致过多、过快地弃我们而去，就成了现代人自我拯救的内容之一，这既是对日益沦陷和破败的大自然的拯救，也是对我们无处安放的心灵的拯救。那些随意伤害自然、蹂躏生灵、暴殄天物的人，必然是欲望强烈、薄情寡义、心肠冷硬之人，他们不只是令自然恐惧和厌恶的人，也是为真正的文明人类所不齿和厌恶的人。相反，那些对自然万物心怀敬畏、心存怜惜，而且在行动中不忍伤害自然、总是以柔软的心肠和善良的动作，维护和修复着自然，像对自己的老母亲那样对自然也怀着心疼、怜爱、恭敬的深沉感情——这样的人，就是我心目中真正值得尊敬的好人。若是饱受伤害的大自然知道了他，也会含着眼泪向他微笑和祝福。

雪　　界

一夜大雪重新创造了天地万物。世界变成了一座洁白的宫殿。乌鸦是白色的，狗是白色的，乌黑的煤也变成白色的。坟墓也变成白色的，那隆起的一堆，不再让人感到苍凉，倒是显得美丽而别具深意起来，那宁静的弧线，那微微仰起的姿势，让人感到土地有一种随时站起来的欲望。不断降临和加厚的积雪，使它远远看上去像一只盘卧的鸟，它正在梳理和壮大自己白色的翅膀，它随时会向某个神秘的方向飞去。

雪落在地上，落在石头上，落在树枝上，落在屋顶上，雪落在一切期待着的地方。雪在照料干燥的大地和我们干燥的生活。雪落遍了我们的视野。最后，雪落在雪上，雪仍在落，雪被它自己的白感动着、陶醉着，雪落在自己的怀里，雪躺在自己的怀里睡着了。

走在雪里，我们不再说话，雪纷扬着天上的语言，传述着远古的语言。天上的雪也是地上的

这是诗人眼中和笔下的雪界。注者从小生长于"冰城"哈尔滨，看惯了各色雪景，依然惊叹于作者奇特的想象和诗化的语言。

有宇宙古今之时空格局之人才能从雪景中看到和想到这些。

雪，天上地上已经没有了界限，我们是地上的人，也是天上的神。唐朝的雪至今没有化，也永远都不会化，最厚的积雪在诗歌里保存着。落在手心里的雪化了，这使我想起了那世世代代流逝的爱情。真想到云端去看一看，这六角形的花是怎样被严寒催开的？她绽开的那一瞬是怎样的神态？她坠落的过程是垂直的还是倾斜的？从那么陡那么高的天空走下来，她晕眩吗，她恐惧吗？由水变成雾，由雾开成花，这死去活来的过程，这感人的奇迹！柔弱而伟大的精灵，走过漫漫天路，又来到滚滚红尘。落在我睫毛上的这一朵和另一朵以及更多，你们的前生是我的泪水吗？你们找到了我的眼睛，你们想返回我的眼睛。你们化了，变成了我的泪水，仍是我的泪水。除了诞生，没有什么曾经死去。精卫的海仍在为我们酿造盐，杯子里仍是李白的酒、李白的月亮。河流一如既往地推动着古老的石头，在任何一个石头上都能找到和我们一样的手纹，去年或很早以前，收藏了你身影的那泓井水，又收藏了我的身影。抬起头来，每一朵雪都在向我空投你的消息，你在远方旷野上塑造的那个无名无姓的雪人，正是来世的我……我不敢望雪了，我望见的都是无家可归的纯洁灵魂。我闭起眼睛，坐在雪

雪融成水，水润万物，也世代陪伴和记录着世间的阴晴圆缺。

上，静静地听雪，静静地听我自己，雪围着我飘落，雪抬着我上升，我变成雪了，除了雪，再没有别的什么，宇宙变成了一朵白雪……

唯一不需要上帝的日子，是下雪的日子。天地是一座白色的教堂，白色供奉着白色，白色礼赞着白色。可以不需要拯救者，白色解放了所有沉沦的颜色；也不需要启示者，白色已启示和解答了一切，白色的语言叙述着心灵最庄严的感动。最高的山顶一律举着明亮的蜡烛，我隐隐看到山顶的远方还有更高的山顶，更高的山顶仍是雪，仍是我们攀援不尽的伟大雪峰。没有上帝的日子，我看到了更多上帝的迹象。精神的眼睛看见的所有远方，都是神性的远方，它等待我们抵达，当我们抵达，才真正发现自己，于是我们再一次出发。

唯一不需要爱情的日子，是下雪的日子。有这么多白色的纱巾在向你飘，你不知道该珍藏哪一朵凌空而来的祝福。那么空灵的手势，那么柔软的语言，那么纯真的承诺。不顾天高路远飞来的爱，这使我想起古往今来那些水做的女儿们，全都是为了爱，从冥冥中走来又往冥冥中归去。她们来了，把低矮的茅屋改造成朴素的天堂，冷风嗖嗖的峡谷被柔情填满，变成宁静的走廊。她

雪让我们的心灵与自然贴得更近了。

们走了，她们运行在海上，在波浪里叫着我们的名字和村庄的名字，她们漫游在云中，在高高的天空照看着我们的生活，她们是我们的大气层、雨水和雪。

唯一不需要写诗的日子，是下雪的日子。空中飘着的，地上铺展的全是纯粹的诗。树木的笔寂然举着，它想写诗，却被诗感动得不知诗为何物。于是静静站在雪里，站在诗里，好像在说：笔是多余的，在宇宙的纯诗面前，没有诗人，只有读诗的人；也没有读诗的人，只有诗；其实也没有诗，只有雪，只有无边无际的宁静，无边无际的纯真……

雪也经常用来入诗，"有雪无诗俗了人"。

对一次雪崩的想象

一

我已失踪。我在发烧的季节之外。我在人世之外。

与时代激烈摩擦之后，我从烫金的日历里转身，从燥热的洼地出走。

我的不合时宜的反方向运动，招来幸福的金丝鸟们的一致斜视，它们从豪华的笼子里抛出一阵阵哄笑；那些成功的豪杰们，一边在别墅里优雅地剔牙，一边望着那个失败的背影，幽默地提炼着黄金世界的普世格言。

是的，他们有足够的资格嘲笑我，但是，我也可以嘲笑他们的嘲笑。虽然，谁都不可能笑在最后，唯一能笑在最后的，是那不苟言笑的时间。

我一直怀疑，那么多人仰望、环绕并争相攀爬的那座"神山"，很可能是欲望和垃圾堆积的假山。

代词的换用蕴含了深刻的含义，你读到了什么？

在垃圾堆积的假山上能看见心灵的白雪和日出吗？

欲望的梯子，也许是向下的，梯子的尽头，是荒凉的废墟。

我分明看见，人们正在通过所谓黄金的凯旋门，抵达精神的废墟。

为此，我转身，朝相反的方向出走，朝另一片天空进行灵魂的深呼吸。

在一片漠然和轻薄的冷笑里，我头也不回地走了。

二

背对时代，面朝时间，我一步步离开那个不是自己的自己；朝上，一步步接近那个在远方等待和呼唤自己的自己。

想象完全置身于被白雪包裹得更接近大自然的环境中，"背对时代，面朝时间"，我们才能清醒地接近并认识时代和时代中的"我"。

背对时代，面朝时间，我一步步离开那个用黄金与污秽堆积的荒原，我一点点剥离自己、洗刷自己、告别自己，我一点点打听自己、找寻自己、回收自己。

终于，在远处，我看见了久已不见的照彻暗夜的白光，看见了仍在向宇宙深处跋涉的精神巨人。

接着，我看见白天鹅的羽毛纷纷扬扬，如同灵魂正在大面积降临，心灵的节日，心灵的白雪，正在大面积降临。

凛冽的风迎面吹来，梦中的天国景象渐渐
呈现。

天宇敞开，圣歌响起，烛光燃亮。

终于，我看见了世界的初雪。

我看见了神圣的雪山。

于是，我开始攀登。

对神圣雪山的攀登，就是攀登另一个更清
澈、更崇高的自己。

三

攀登途中，我一次次问自己：如果不幸遭遇
了雪崩，你是否后悔莫及？你是否接受这白色的
葬礼？被纯洁、凛冽的白雪窒息并深深掩埋，在
高处死去，并且死得如此干净，比起在享乐的池
塘里醉生梦死、腐烂发臭，你是否觉得死在这里
是一种至上幸福？（那一刻，苍鹰开始在山巅盘
旋，风在呜咽，无边的蔚蓝，将那折叠的灵魂展
开，展开，展开成无边的蔚蓝。）

你想好了吗，你做好准备了吗？

四

如果你走在我的前面，恰好遭遇了雪的暴

有人喜欢把登
山想象成为
"征服"山峰。
人在大自然面
前，在大山面
前，渺小如尘
埃，有什么资
格说征服呢？
作者在这里用
"攀登"一词，
写出了对大自
然和山峰满满
的敬畏之心。

动，凶猛、冰冷的拳头，密集地砸向你，我却无法挺身而上，去制止暴虐的死神。

隔着不远的距离，我目瞪口呆，像在观看灾难大片，被那逼真的艺术效果震惊。

隔着不远的距离，我只能惊恐地看着你恐怖地消失。

在命运的终极暴力面前，我们的智力于瞬间全部瓦解，我们的感情于瞬间全都凝固，凝固成绝望的悲情。

五

几只山羊，结伴在高处觅食。人类已洗劫了山下的最后一片绿叶，它们只好向天空逃亡，在高海拔的命运里，寻找稀薄的口粮。

它们不知道，它们一寸寸接近的，却是死神的冷笑。

它们很快消失了。

几粒缓缓移动的雪花，几颗温热的小小心脏，消失于庞大漠然的雪的坟茔。

远远地，我们目睹了白色对白色的吞噬，我们低头哀悼，同时对这洁白的葬仪，生出几分尊敬——

比起被豢养在人类的笼子里，被奴役，被宰

在宏大的自然面前，在无法抗拒的自然灾害面前，人更容易清醒地感受到命运的力量。而在我们短暂生命的其他时刻，我们的智力和感情又何曾敌得过命运呢？

极端的想象之中依然有着深隽的悲悯。

杀，作为食物被吃掉，最终从文明的下水道排出，它们如此干净体面地死去，安息于白色的宫殿，这很可能出自上苍对弱者的怜悯和补偿。

六

以上种种情景都没有发生。

恰恰是我独自从这里攀援，与时代的囚笼背道而驰，向远古和源头进发，在人迹罕至的高寒地带，孤独地寻找那静静燃烧的古老烛光。

终于，我看见了矗入苍穹的雪峰，我看见了从宇宙深处走来的精神的巨人，我看见了灵魂的真正形象——

他从无限和永恒里找到了充沛的乳汁，一点点喂养自己，一点点升华自己，一点点建筑自己，直到把大量的寒冷，大量的蔚蓝，大量的洁白，大量的疼痛，大量的绝望，以及从绝望里提炼的类似希望的东西，还有鹰的骸骨、流星的泪雨、一部分来历不明的陨石所造成的深度创伤，都收藏在自己身上。

群星合唱的天宇下，静静站立着一个浑身是伤却通体洁白的赤子，静静站立着一个聆听的赤子。

当时间发烫，命运迅速转暗，陆地沉沦，他

这是对人之高贵性的坚守，是对思想、精神、信仰、诗性、灵魂之高度的捍卫。

将为这溃败的世界，保存最后一点古典的寒意和与生俱来的纯真；他固守的高度，使不断下陷的地质学，保留了关于陆地仍在上升的确凿记载。

一再被虚无和荒诞打断思考的哲学家，从概念的废墟里抬起头来，终于从远方白雪的反光中，看见了宇宙的隐喻和启示，死去的哲学终于渐渐苏醒，重新开始了对思想进行思想，开始了对"意义"的思辨和认领。

沮丧的神学家，从那固执的身影，从那巍峨于神学之外的圣山上，看到了神的光辉和暗示，找到了摇摇欲坠的教堂将要倒塌却一直没有倒塌的原因，从而加固了一度动摇的心灵，加固了对信仰的确信。

不断惨遭虚无和颓废打击的诗人，从他不朽的意象，从他高洁的襟怀中，获得了心灵的深刻安慰。他的存在足以证明：诗不是一种自恋、矫情和修辞。诗是黑暗中的篝火，是在物质的荒原上寻找神走失的踪迹，是速朽的生命里那被永恒召唤和提炼的战栗的瞬间。

缓缓地，艰难地，我正一点点靠近，那被星光与雪光笼罩着的，透明宁静的峰顶。

突然，天空坍塌，庙宇坍塌，命运坍塌。

一阵轰然巨响里，我，骤然消失。

七

远远地，山下的你们久久垂泪注目，一次次为我叹息。

但请不要哀怜我。

被人哀怜，既不是我活着的初衷，也不该是我死后的结果。

一个崇拜白雪的人，被白雪挽留和收藏，他去了最干净的去处。

在雪峰之外、雪线以下，我实在想不起，还有哪里没有被践踏和污染；我实在想不起，还有哪里比这里干净。

也请不要挖掘我的遗体，就让我留在海拔高处，成为雪山的一部分。

当世界向欲望的深海、向黑暗的地狱持续下沉时，请回过头来，向这里眺望。是否看到：那充满寓意的神圣峰顶，那指向天空永不收回的手势，那足以为一切时代送终，足以阅尽所有身影，而总是坚持着高举烛火的坚贞姿态？

静下来，听听，永恒在低语什么。

> "雪"既是自然界中的物象，也是高洁之士喜欢描写的意象。借"雪"抒怀言志，以"雪"喻高洁的品质，用"雪"言环境和遭遇的严峻与艰危……

八

若干世纪后，当冰雪消融，考古学家在接近

峰顶的地方发现了一具一万年前的古尸。

那个遥远时代的一切：王朝、国家、权力、桂冠、财富、功名、庙堂，那曾经显赫的一切、不可一世的一切，芸芸众生趋之若鹜的一切，早已灰飞烟灭，连一星磷火都没有留下。只在断简残碑里，在锈蚀的光碟里，在坏死的电脑里，留下令人费解的只言片语和蛛丝马迹。

围着我的完整骸骨，他们如获至宝，我成了仅存的他们了解古代社会的化石和证据。

他们考证出我的身高、骨骼、营养、血型、种族、脑容量、基因等生理特征，猜想我的死因很可能是为了争夺那个年度的登山冠军尤其是那笔巨额奖金，在即将接近顶峰的时候，突然遭遇雪崩，不幸遇难。

他们的推论如下——

那是一个追名逐利、疯狂拜金、贪得无厌、浅薄嚣张的物质主义时代，此人也未能幸免那个年代人共有的人性缺陷，为了名利金钱竟然不惜以命相搏。

不过，那场雪崩深埋了他，保留了那个时代的人体标本和人格化石，这是我们要感谢他的。

——他们这样评价我这个渺小标本的巨大考古价值，算是给了我一点体面。

人忙碌一生，或为权势，或为钱财，或为名声，或为深情……最终留下的会是什么呢？作者这里说："芸芸众生趋之若鹜的一切，早已灰飞烟灭，连一星磷火都没有留下。"回到本书第一篇文章的追问："我们为什么活着？"这样的终极问题，值得我们不断去思索。

作者敢于反思自己所处时代的病灶，并对之给以轻蔑的微笑、辛辣的嘲讽。

九

我想站起来反驳：是的，你们说的大致不错，但在一万年前那个古老的、躁动的蒙昧时代，在渺小的名利之外，在物质的囚笼之外，难道就没有别的东西存在吗？

我希望你们不要仅仅用物质主义的眼光打量我，是的，极度的物质主义，这恰恰是被你们——我亲爱的后人所诟病的我所生活的那个古老蒙昧时代的致命病灶。我请求你们，透过冰冷的骨骸，也考证一下我的灵魂。

是的，是灵魂。我渺小的躯壳里，曾经居住着并不渺小的灵魂。

我生前不只为你们现在正打量着的这一堆注定要寂灭的骨架而活着，而蝇营狗苟，而争名夺利，而喧哗嚣张。我也为灵魂而活着。那环绕于我的身心内外的无限广袤的宇宙，曾持久地迷醉和召唤我的灵魂；无垠的空间，永恒的时间，深邃的星空，沸腾的人世，曾经潮水一样奔流于我的内心，并灌溉了我的内心。

我的灵魂是那么渴望与永恒同在，那么渴望成为永恒的替身，成为永恒的回声。

我曾一次次向那不幸惨遭命运打击的弱小事

物质与灵魂（抑或精神）哪一个更接近永恒呢？我们总在思索，什么样的人生才是真正值得过的？在时间的局限面前，渴望永恒是人无法回避的根本问题，也是人异于并高于动物之所在——人因思想而高贵。

物和可怜生灵流下同情的泪水，我曾一次次向那呈现出精神之美和诗意之美的众多事物献上发自内心的挚爱和赞美；即使匆忙地走在路上，我也会随时停下来，向安静地开在路边的那朵小野花，献上问候并鞠躬致意……

仅仅从那冰冷的骨骸里，你们能考证出这些吗？

我把骨骸丢在了这里，埋在了雪山的高处，据此你们得出的结论，却将我的灵魂降在了最低处。

我来到这么高的地方，竟不是为了灵魂的远行和飞翔，而是恰恰相反？

我请求你们，透过冰冷的骨骸，也考证一下我的灵魂。

但是，我站不起来，我无法开口说话。

我只能作为远古那个蒙昧的物质主义时代的愚蠢而可怜的标本，被展览，被围观，被解说，被猜测，接受好奇、误解、叹息和有限的同情。

我悲哀，在我被白雪掩埋一万年之后，这下我才真正死了。

十

但我仍然等待，总有一天，我们更优秀的后

人，会用既犀利又宽容的智者的眼光，穿过物质主义迷雾，透过冰冷的骨骸，认识并体谅我所置身的那个时代，指出它的残缺和蒙昧，同时发掘那个冷漠的物质荒滩上沉埋的心灵宝石，这样，他们也许会考证出我那温暖清澈也难免有些孤独的灵魂。

他们会惊奇地发现，这是一颗一生都在膜拜白雪、向往崇高，一生都在挣脱奴役和锁链，一生都在应答上苍的呼唤，一生都在靠近永恒的灵魂。

这是一颗一生都在为永恒服役的灵魂。

那时，我将复活，我将开口说话。

我将对他们说出一切……

比照黑塞《荒原狼》进行阅读："每个时代，每种文化，每个习俗，每项传统都有自己的风格，都各有温柔与严峻，甜美与残暴两个方面，各自都认为某些苦难是理所当然的事，各都容忍某些恶习……"作者思想的超越与高卓之处令人赞叹！

越来越接近精神的天空

文章题目中强调的是"精神"，那么作者在开篇提出此观点有何用意呢？

人，在人群里行走，寻找他的道路；在人群里说话，寻找他的回声；在人群里投资，寻找他的利润；在人群里微笑，寻找回应他的表情。生而为人，我们不可能拒绝人群，虽然，喧嚣膨胀的人群有时是那么令人窒息，让人沉闷，但我们终不能一个转身彻底离开人群。

由对"人群"的叙写谈到了"灵魂"，那么作者认为"灵魂"与"人群"有何关系呢？

人群是欲望的集结，是欲望的洪流。一个人置身于人群里，他内心里涌动的不可能不是欲望，他不可能不思考他在人群里的角色、位置和分量。如果我们老老实实化验自己的灵魂，会发现置身人群的时候，灵魂的透明度较低、精神含量较低，而欲望的成分较高，征服的冲动较高。一颗神性的灵魂，超越的灵魂，丰富而高远的灵魂，不大容易在人群里挤压、发酵出来。在人群里能挤兑出聪明和狡猾，很难提炼出真正的智慧。我们会发现，在人口密度高的地方，多的是小聪明，绝少大智慧。在人群之外，我们还需要一种高度，一种空旷，一种虚静，去与天地对话，与万物对话，与永恒对话。伟大的灵魂、伟大的精神创造就是这样产生的。孔子独对大河而感叹时间的不可挽留，"逝者如斯夫，不舍昼夜"；庄子神游天外寻找精神的自由飞翔方式；佛静坐菩提树下证悟宇宙人生之般若；法国哲学家帕斯卡尔于寂静旷野发出哲人的浩叹，"无限空间的永恒沉默使我恐惧"；李白"登高望远天地间，大江茫茫去不还"，他不羁的诗魂飞越无限，把银河引入人间，灌溉了多少代人的浪漫情怀；爱因斯坦把整个宇宙作为自己科学探究和哲学思考的对象，他认为人的最大成就和最高境界不过是通过对真理的求索，获得与宇宙对称的灵魂，变得辽阔而谦卑，对这个无限存在也永恒包裹着我们的伟大宇宙献上发自内心的敬意……正是这些似乎远离人群的人，为人群带来了丰盛的精神礼物。在人群之上、利益之外追寻被人群遗忘了的终极命题，带着人群的全部困惑和痛苦而走出人群，去与天空商量，与更高的存在商量，与横卧在远方也横卧在我们内心深处的"绝对"商量，然后将思想的星光带给人群，带进生存的夜晚。

　　为此我建议哲学家或诗人不该有什么"单

这些"似乎远离人群"的伟人，跳出人群功利的捆绑，拥抱广阔的天地万物，在大自然的启示下获得灵魂的洗礼和精神的丰盈。

位”，有在“单位”里、在沙发上制作的思想，那种思想多半只有“单位”那么大的体积和分量，没有普世价值。把存在、把时间、把宇宙作为我们的“单位”吧，去热爱、去痛苦、去思想吧。

作为芸芸众生中的一员，我不愿总是泡在低处的池塘里，数着几张钱，消费上帝给我的有限时光。我需要登高，需要望远，我需要面对整个天空作一次灵魂的深呼吸，我需要从精神的高处带回一些白云，擦拭我琐碎而陈旧的生活，擦拭缺少光泽的内心。

我正在攀登我的“南山”。目光和灵魂正渐渐变得清澈、宽广，绿色越来越多，白云越来越多，我正在靠近伟大的天空……

亲近更为广阔的自然，才能让我们的心灵不被束缚，也让我们的生命格局更为宽广。

愿我们都能跳出身处“人群”之利益束缚，攀登我们的“南山”，让我们的灵魂更加自由，“越来越接近精神的天空”。

心　　说

人安静下来，就能听见自己的心跳。

在一间空屋里，唯一陪伴你的，是你的心。

这时候，你比什么时候都更加明白：你什么也没有，只有一颗心。

不错，还有手。但手是用来抚摸心跳的，疼痛的时候，就用手捂住心口。有时候，我们恨不能把心掏出来，捧给那也向我们敞开胸怀的人。

不错，还有腿。但腿是奉了心的指令，去追逐远方或追逐某一盏灯光的另一颗心。最终，腿静止在或深陷在某一次心跳里。

不错，还有脑。但脑只是心的一部分，是心的翻译和记录者。心是大海，是长河，脑只是一名勉强称职的水文工作者。

不错，还有胃、肝、肾、胆、肺，还有眼、耳、鼻、口、舌等，但它们都是心的附件。它们是无知的，也是无情的。

我们唯一宝贵的，是心。

一般来讲，"大脑"是用来思考和支配我们的行为的，通常我们所说的"心"则指我们灵魂的核心，是用来感知、归纳、总结对于世界的认识的。犹记一位心理学教授曾说："一个人最终是否能有所成就，不在于他有多高的智商，多高的学历，多强的能力，而是更多的在根本上取决于他的发心，他的起心动念。"

行走在长夜里，星光隐去，萤火虫也被风抢走了灯笼。偶尔，树丛里闪出绿莹莹的狼眼。这时候，唯一能为自己照明的，是那颗心。许多明亮温暖的记忆，如涌动的灯油，点燃了心灯。心是不会迷途的。心总是朝着光的方向。如果心迷途了，索性就与心坐在一起吧，坐成一尊雕像。

我有过在峡谷里穿行的经历。四周皆是铁青色的石壁，仿佛被僵硬粗暴的面孔包围，我有些恐惧；峡谷仿佛是凿好了的墓穴，我如幽灵飘忽其中。埋伏了千年万载的石头，随便飞来一块，我都会变成尘泥。这时候我听见了我的心跳。

在一大堆险恶的石头里，我再一次发现，我唯一拥有的，是这颗温柔的心。我同时明白，人活着的意义究竟是什么。我们这一生，就是找心。

于是我看见在峡谷的某处，石头与石头的缝隙，有一片片绿色的苔藓，偶尔还有一些在微风里摇曳得很好看、很凄切的野草。

"坚硬"与"柔软"的相反相成。

我终于相信，在峡谷的深处或远处，肯定生长着更多柔软的事物和柔软的心。

这世界有迷雾，有苦痛，有危险，有墓地，但一茬茬的人还是如潮水般涌入这个世界，所为者何？皆来寻找心。这世界只要还有心在，就有来寻找它的人。当我们离别时，不牵挂别的，只是牵挂三五颗好的心。当我能含着微笑离去时，不是因为我赚取了金银或什么权柄，而仅仅是，我曾经和那些可爱的人，交换过可爱的心。

奇怪，我看见不少心已遗失在体外的人，仍在奔跑，仍在疯狂，仍在笑。仔细一看，那是衣服在奔跑，躯壳在疯狂，假脸在笑。

"良心被狗吃了"是一句口头禅。只是我们未必明白，除非你放弃或卖掉心，再多的狗也是吃不了你的心的。是自己吃掉了或卖掉了自己的心。人，有时候就是他自己的狗。

守护好自己的心，才算是个人。

这道理简单得就像 $1+1=2$，但我们背叛的常常就是最简单的真理。

作者应是深谙孟子的"本心"和"良心"观念——人人都具恻隐、羞恶、恭敬、是非之心，所以人人也就具有仁义礼智这些道德，不是由别人强加的，也不是受到外在的环境的影响才有的。孟子把这些人人本心所具有的道德和智慧叫作良知、良能。人们为了一些小小的利益、好处和快乐而去做害义的事情，即是"此之谓失其本心"（《孟子·告子上》）。

第三单元 生命何其不易

生命何其不易，它们何其不幸。

我该好好检点、自省，我该好好想想了：该怎样对自然、对其他生命多点仁慈和善行，来减轻我们自觉或不自觉加给它们的伤害和痛苦，来忏悔我们对生命犯下的罪孽，来帮助自然愈合伤口，恢复她本有的生机。

从生物学角度来说，人只有让动物从被奴役、被压迫、被剥削的悲惨境遇里得到适度解放，也即只有降低和减少动物们承受的巨大痛苦，让它们获得一定的权利和自由，人类与生物界和大自然的对立、紧张关系才会因此而得到缓解，自然和生灵的痛苦总量将因此有所减少，这样，适度优化了动物的生存环境，其实也就优化了大自然，最终也优化了人的生存环境和质量。

可以把人与植物的关系，理解成互相供奉的关系：人作为庙宇，被植物供奉；植物作为祭品，被人收纳。而最终，人也作为祭品，被大自然和宇宙收纳，包括被植物收纳。这样，万物都在互相献祭，共同献给宇宙一份祭礼。

生命何其不易

牛必须老老实实拉犁，才能在人这里混口饲料吃，一旦年老力衰，或一病不起，就会被宰掉，成为红烧牛肉，成为我们的皮带和皮鞋。肉牛不用拉犁，它被养着，好像自在，但它更不幸的结局就摆在那里，它的每一个部位的皮、肉，包括它的内脏，都被商家标了价钱，被顾客预付了订金。

狗命稍好，但又能好到哪里去？狗对主人的忠诚已近乎奴颜婢膝，若不这样，谁会要它养它，谁会喜欢一只特立独行、高风亮节、有哲学意识与叛逆意识的思想家之狗？即使狗遵照人的意图修炼一生，到最后也不会成为别的，仍不过是一条老狗。觉悟早一点的，或许已经闻见狗肉馆飘出的肉香，闻见又怎样？猜想着自己下锅了，也可能是那味道？

猪就不用说了，它似乎生来就是人的祭品，人的食物。我们哪一个人，不是猪的谋杀者？为

注者从小就养狗，现在身边还养着一只小犬，有时候真的为自己养的狗儿感到悲哀——它们千百年来是经受了人类怎样的驯化，才成了今天这般靠装傻卖萌讨好主人的模样？

了我们活，猪时时都在赴死，世界上全部的猪都为我们牺牲，但猪在我们这里连一点尊敬和感谢都没有赚到，得到的全是轻蔑和挖苦：蠢猪！笨猪！混账猪！猪狗不如！……没有一句好话，句句不堪入耳，<u>多亏猪不懂人语，落个耳根清净。</u>

兔子胆小、乖巧，毛鲜、肉嫩——完了，具备以上特点，人不吃它，吃谁？难道吃自己乎？几乎所有的兔都在人的笼子里关着，在刀的附近认真吃草，茁壮长肉。极少的野兔在山林里出没，偶尔偷吃点庄稼，骚扰一下人类，多数都会被勇敢的人抓捕，在农家乐菜馆里开膛破肚，剥皮剔肉，成为一盘野味。

一只羊、一群羊，在成为毛衣、羊皮袄、烤羊肉之前，它们是羊，很快，它们就不是羊，而是毛衣、羊皮袄、烤羊肉。羊为我们而生、而死，世界的草场上，全是向我们走来的羊，最后，羊，全在我们这里消失了。<u>老谋深算的世界，瞒着一群又一群天真的羊。</u>

鸡，已非"狗吠深巷中，鸡鸣桑树颠"那诗意之鸡，在陶渊明诗里鸣叫的那些幸福的鸡，如今已统统关进集中营——在现代化养鸡场里，鸡们被囚禁在无法转身的窄逼空间里，没有嬉戏的自由，没有追逐的快乐，甚至连转个身、扯个懒

推荐阅读王小波关于"猪"的散文《一只特立独行的猪》。文章的结尾说："我已经 40 岁了，除了这只猪，还没见过谁敢于如此无视对生活的设置。相反，我倒见过很多想要设置别人生活的人，还有对被设置的生活安之若素的人。因为这个缘故，我一直怀念这只特立独行的猪。"

阿尔贝特·施韦泽（1875—1965），生于法国，哲学家、神学家、医生。1952年获诺贝尔和平奖。施韦泽在国际上声誉显赫，但在国内的知名度有限，他的《敬畏生命》在国内有较大的影响。爱因斯坦这样评价他："在20世纪西方世界，施韦泽是唯一能与甘地相比的具有国际性道德影响的人物。"推荐同学们读一读《对生命的敬畏：阿尔贝特·施韦泽自述》。

腰的权利都被剥夺了。它们吃着充满激素、抗生素的毒药般的饲料，按照化学和商业的指令，快速下蛋、快速长肉，快速为折磨、摧残它们的人类源源不断地提供脂肪和蛋白。

除此之外，我每天走路要踩死多少只无辜蚂蚁？

我每次野外行车要碾死多少只蚯蚓蛐蛐？

我脚下的实木地板，曾是山中绿树；多少鸟儿家破蛋碎，成全了我的居住品位。我脚下踩着的何尝不是生灵的哭泣？

我也剖鱼，经常不小心碰破了鱼的苦胆，那个苦啊，是的，生命的秘密一经揭开，便苦不堪言。

……

由此，我的真实嘴脸暴露无遗：我这个似乎还算同情生灵的人，细检点，每日竟然杀生无数。

其实，有一位伟大榜样——敬畏生命的伦理学创立者和实践者阿尔贝特·施韦泽，他如此做，也如此教导我们：

如果你在任何地方减缓了人或其他生物

的痛苦和恐惧，那么你做的即使较少，也是
很多。

　　受制于盲目的利己主义的世界，就像一
条漆黑的峡谷，光明仅仅停留在山峰之上。
所有生命都必然生存于黑暗之中，只有一种
生命能摆脱黑暗，看见光明。只有觉悟了的
人，能够认识到敬畏生命，能够认识到休戚
与共，能够摆脱其余生物苦陷其中的无知。

　　只有当人认为所有生命，包括人的生命
和一切生物的生命都是神圣的时候，他才是
伦理的。

动物解放

前些时候，我到一家现代化养鸡场去参观。这是一次痛苦的经历，当时心里难受，过后仍然难受。我们的所谓参观，只是在袖手旁观生灵的痛苦，袖手旁观它们生不如死的惨状。

为了把成本降至最低，使利润最大化，数万只鸡被关押、囚禁在逼仄的空间里，每只鸡仅占有一张小 32 开作业纸那么大一点地方，就在这一张"作业纸"上，它们不能走动，不能转身，就那么呆滞地站着，被迫做那痛苦的"作业"。站着，站着，这一站，就是一生。

它们的一生是多长呢？在过去，自然放养的鸡，至少要到两年左右方可食用，若能得享天年，鸡的寿命可达到十年左右。而在现代化养鸡场，在鸡的"集中营"里，肉鸡顶多活五十天左右就被宰杀。蛋鸡因为是下蛋的"机器"，可以多活些时日，一旦过了产蛋高峰期，则立即被宰杀，成为麦当劳、肯德基的肉馅。

它们的食谱，体现了人在篡改自然之道、剥削弱小生命上已经无所不用其极。鸡的饲料里，添加着激素、抗生素、镇静剂（为防止它们因拥挤、肥胖、亢奋、烦躁、压抑而疯掉）等多种化学物质，鸡吃着这些精心配制的毒药般的食物，只能按照化学的命令和商业的意志，在极短时间里快速长肉、快速下蛋，为加害它们的人类生产源源不断的蛋白和脂肪，完成一种"肉体机器"的指令性宿命。

　　它们休息的权利也被完全剥夺，生物钟彻底被人篡改，为了让它们时时刻刻进食和疯长，灯光二十四小时一刻不停地照着，它们从没有感受过夜色带来的安静和安全的感觉，长明的灯光和失去睡眠的生活，使它们几乎全都患上了严重的青光眼。它们像瞎子一样在冷酷的光亮里遭受着黑暗和光亮的双重折磨。它们瞎着眼睛、忍着剧痛为我们源源不断地生产蛋白和脂肪。

　　在它们短促的生命里，没见过一缕阳光，没见过一片绿叶，没见过一滴露水，没有舒展地伸过一次懒腰，没有自由地奔跑过哪怕片刻，没有舒畅地鸣叫过哪怕一声，它们活着，不曾有过丁点快乐。

　　作为与人类相守数千年的温顺可爱的动物，

生命何其不易！鸡生何其可悯！牛、羊、驴、马等同样"与人类相守数千年的温顺可爱动物"之生又如何呢？如此对待这些温顺可爱之生命的人又是如何对待同类的呢？

鸡沦入如此悲苦、可怜的境地，我一边看，一边暗自叹息，并为自己吃蛋、吃肉自责不已。

看着这样现代化的鸡的"集中营"，若是你以前不相信世上有地狱，现在你只能说，你不仅相信了，而且看见了真实的地狱。

鸡如此，那些专供吃肉、挤奶、制革的猪呢？牛呢？羊呢？驴呢？马呢？与鸡一样，它们都是关押在地狱的囚犯和奴隶。除了供我们役使和宰杀，它们作为生命已经没有任何野性的快乐和天赋的自由，除了无条件服从和服务于人的欲求，其作为物种的生命特性和生长过程，已被人彻底掌控和剥夺。更有甚者，有人或为了口腹之乐，或为了追逐暴利，竟丧失起码的怜悯之心，不择手段地残害动物：曾几何时，活吃猴脑竟成了一些新兴"贵族"们的时髦；为了得到新鲜的"补阳"之物，有人竟残忍地从活驴身上割下阳具；为了取得源源不断的胆汁，活熊身上竟然被人常年插上导管。

还有美丽的孔雀、慈爱的袋鼠、善良的麋鹿，神秘的小青蛇，这些曾经带给我们激赏、感动、心疼和偶尔的惊悸的大自然的生灵，如今也纷纷被商业饲养、被市场宰杀、被利润烹调。

多少次读《聊斋志异》，印象最深的是那充

满人情味的林妖狐仙，想不到，在蒲松龄笔下出没的妩媚多情的精灵，如今已成为养殖对象，被计入产业 GDP。在时尚而倜傥的狐皮大衣上，在红烧或油炸的狐肉里，我分明知道，大自然最后一点荒野、最后一点秘密、最后一点诗意，都被投进滚烫的消费欲火里，化为一点虚荣、几盘美食、一阵饱嗝，随风而逝。

如今，只余旅游景区里被刻意挽留的一些贵族式动物，天空中稀疏的几只麻雀，鱼塘里被激素催肥的鱼，鸟笼里学舌的囚徒鹦鹉，玩具般供人娱乐和把玩的格式化宠物……你见过莺飞草长，见过令人心胸为之怡然的春景吗？你见过燕飞虫鸣，见过使人情怀为之激荡的夏景吗？你见过大雁在天空写它们的美丽十四行诗的感人秋景吗？你见过乌鸦在积雪的旷野集体出动为夕阳送行的苍凉冬景吗？

几乎一切飞的、跑的、爬的动物（除了濒临灭绝不得不强制保护的），都被视为可吃的、可制作皮革的、可消费的"资源"（而不是生命），几乎都被纳入我们那致命"目的"——以消费和享乐为唯一目的的盘子里。而在我们的"目的"之外，在我们的欲望"盘子"之外，几乎已经一物不剩！那些野性的、生动的、斑斓的，世世代

是"生命"还是"资源"，仅因我们那被消费与享乐蒙蔽的欲心而更改。不是大自然在远离我们的心灵，而是我们的心灵被自己的欲望所蒙蔽，是我们自己一步步远离了自然。从这个意义上讲，"解放动物"亦是解放我们人类自己。

代陪伴我们，带给我们无限美感和诗意，令我们对大自然的丰富和神奇产生无尽想象和惊奇的生灵们，有多少已经带着血泪和恐惧，头也不回地走了，而且，一去不归……

没有哪一种动物对不起我们，是我们对不起它们。

当我们蔑视上苍，丧失悲悯之心，无视生灵蒙受的巨大苦难，为了我们一己、一时的所谓"目的"，剥夺它们的生命过程和目的，当自然和生灵们不再有活着的目的了，当万物的生路都被我们阻断了，那么，我们活着的所谓"目的"，又是什么呢？我们的生路，又能延伸多久呢？在一个自然生命不断凋零、大地生机不断萎缩，只有垃圾、废气、污水、沙漠无限增长的资源匮乏、枯竭、险象环生的世界上，人类的存在又有什么诗意、美好和希望呢？

英国一位关注动物生存状况的作家在 20 世纪 70 年代写过一本《动物解放》，他痛切地指出，人为了自己的福利，而剥夺动物的天然福利并把动物置于苦难的境地，是不道德的，是反自然、反宇宙的，最终也有害人类自身。因为，人与万物共处于一个统一的生物场或生命场里，在这个共同的"场"里，强势的一方若总是无节制

在天地万物这更广阔的格局中追问"我们为什么活着"，我们应怎样活着？这里有作者对自然生灵的悲悯，亦有对纯净心灵和高远诗意的追寻与坚守。

《动物解放》被奉为动物保护运动的"圣经"，是生命伦理学的经典之作。

地加害于弱势的另一方，加害者从被害者身上赚得了短暂的好处和收益，虽然由直接受害者承受了最大痛苦，但是他们，共有的生物场、生命场（也即生物链）的痛苦总量增加了，每一种生物和生命承受的痛苦也就随之增加。当生命场的痛苦总量大到极限时，生命秩序将彻底崩溃，所有生命就将消亡。作者深刻地指出，即使人能够在动物们的苦难深渊里暂时获得富足的生活，这种生活却是完全缺少道义和美感的，没有任何高尚可言，而且根本不可能持久。扭曲了别的生命的生命过程，剥夺了别的生命的基本权利，其实也等于丑化了自己的生命过程，恶化了自己的生存处境，最终也丧失了人自身得以存在的广阔生命背景。

人与其他生灵休戚相关，唇亡齿寒。

如何缓解大自然承受的重压而使之永葆生机？如何减少动物的痛苦而使之像生命那样活着而不是作为工具和奴隶被奴役、被剥削、被压榨？作者提出了解决的方案，一是改善动物的生存环境，恢复它们的天然权利，停止对动物的一切施虐行为，即使有的动物为了人的生存不得不死去，也应该尽量让它们无痛苦死亡；一是人类要尽量少吃肉而多吃素，这样就减少了圈养和宰杀动物的数量，一些动物就可以不为人而只为自

我们当中的很多人又何尝不是像工具和奴隶一样活着呢？结合作者下文的探讨，同学们不妨读一读西方马克思主义、法兰克福学派关于"异化"等问题的讨论。

动物解放　**127**

己活着，也即只为自然而活着，它们就可以回到野外生活，重新成为大自然的成员（而不是人的奴隶）。这样，被人彻底洗劫了的沉寂、单调的自然，将因此恢复生物多样化的原生态，反过来，人类也可以从重新变得丰富生动的大自然那里获得更多的生存支持、生命感受和审美体验。

我为作者深沉博大的善良情怀和闪耀着理想主义光芒的生态主张而感动和共鸣。

正如马克思所说："无产阶级只有解放全人类才能最后解放自己"，这是从社会学角度说的。从生物学角度来说，人只有让动物从被奴役、被压迫、被剥削的悲惨境遇里得到适度解放，也即只有降低和减少动物们承受的巨大痛苦，让它们获得一定的权利和自由，人类与生物界和大自然的对立、紧张关系才会因此而得到缓解，自然和生灵的痛苦总量将因此有所减少。这样，适度优化动物的生存环境，其实也就优化了大自然，最终也优化了人的生存环境和质量。

爱因斯坦说过一句十分感人的话："人类应该把爱心扩大到整个大自然和全体生命。"若能如此，在宇宙面前，人类就是一种善的存在、美的存在和道义的存在，是一种有着更高觉悟和终极关切的存在，而不是恶的存在、贪婪的存在、暴力的存在，人就不再是万物的浩劫和别的生灵痛苦的根源。从而，人的觉悟也就成为宇宙的觉悟，人的善行也呈现了自然的伦理并有助于自然的修复，人的形象也就成为宇宙中闪耀着道德光芒的动人形象。当人类不仅拥有智力，同时又懂得节制和适度使用自己的智力，把智力锁定在伦理的半径之内，而不是无节制地放纵和滥用智力，以至于让智力变成了暴力、破坏力和毁灭力，在利己的同时懂得利他、利众生、利万物、利天地时，那么，人就进入了"民胞物与""厚德载物""替天行道"以至与天合一的高尚、慈悲、智慧、圆融境界，成为宇宙和大自然中的正面能量和有益环节，从而，人类成为自然秩序、生命诗意、宇宙生机的呈现者和维护者，而不是自然和生灵的加害者和毁灭者。

这是北宋思想家张载提出的思想，他认为人和万物一样，都是源于"气"，人的本性也和万物一样，因此人们要爱他人，如同爱同胞手足一样，并进一步将这爱扩大到天地万物上。

动物解放　　**129**

羊向我们走来了

曾读到作者写给羊的十四封信，篇篇精彩，这里因篇幅所限只选了第一封，也想借此文作者以解字开篇的思路，引导读者关注汉字之精深。

并无此锋利之角的人类，却常常连世间最柔软的生命也去伤害。我们人类何时能有羊儿这般觉悟呢？

"善"和"美"这两个字怎么写？

有"羊"在上，才是善的，美的。

我猜想造这两个字的古人，也许放过羊，至少经常观察和欣赏羊。

很可能他曾抚摸过羊。

他体会到了羊的温和、单纯。

他发现羊最没有侵略性，没有一点暴力倾向。

羊有锋利的角，但羊不曾攻击过任何生命，即使最柔弱的生命，羊也不曾伤害过。

羊的角，很像是退役了的武器，只具有文物的意义。或许远古时代的羊，曾经是好斗的，但羊后来觉悟了，退出了生物界的战场，觉得互相争斗没有意思，争来斗去，最后都得在命运面前认输，都得呜呼哀哉，都得完蛋。所以，羊在很早的时候就以和平立身，以善良养性，以温柔为德。

羊，是最早的和平主义者。

羊的角，是和平的装饰。

那个造字的古人，反复抚摸着羊角，反复揣摩着羊的思想。

要是都像羊这样本分善良地活着，做个慈悲为怀者，做个素食主义者、和平主义者，生物界和人类，哪会有那么多的仇恨、罪恶、苦难和不幸呢？

那个造字的古人，于是提起笔来，在大地上写出了一个伟大的字——善。

接着，他站在"善"旁边，仔细欣赏低头吃草的羊。

他发现他们的形体、姿态、毛色是很好看的，它们温和的语言是诚恳亲切的。

它们纯净的目光是动人的，它们与生俱来的胡须是动人的，它们吃草的样子是动人的，它们走路的样子是动人的。

特别是它们头上对称的角—— 本来用于争斗，而它们却把它改换成了装饰生命的艺术品——这艺术品是动人的。

善良的羊天生就懂得审美，而羊本身就有一种动人的美感。

那个造字的古人，又提起笔，在大地上，在

"羊"字的甲骨字形是 ，金文字形是 ，小篆字形是 。"善"字的金文字形是 ，可以较为明显地看出"羊"这个部件。

"美"字的甲骨字形是 ，金文字形是 ，小篆字形是 ，亦可以较为明显地看出"羊"这个部件。

"善"字的旁边，写下了另一个伟大的字——美。

不得不感叹：懂羊之人，亦是深谙汉字造字理据之人！

我们所追求、崇拜的真善美，其中两个字都是"羊"的意象。羊，是我们的古人最先发现的善和美。

一只羊，或一群羊走过来，它们是真的羊，也是善的羊，美的羊。

在世界的草场上，羊走过来，真善美走过来……

白菜的菩萨心

冬天，我从霜冻的菜地里，抱回一棵白菜。

揭开一片叶子，再揭开一片叶子，一片一片揭开许多片叶子。

打开一扇城门，再打开一扇城门，一扇一扇打开许多扇城门。

我不得不佩服植物的耐心和严谨，佩服白菜高超的建筑艺术，你看这一层一层砖石、一道一道城墙，布置得多么合理，修筑得多么精致。

严密的城防，拱卫着城市的精华部分——我正在接近城的中心。在那里，到底藏着什么贵重秘密呢？

谁都知道白菜心是好地方，我就要看见白菜的心了。

当打开最后一扇城门，果然，我有了惊异的发现。

我看见，在城中心，在那精巧宫殿里，只住着一个居民。

开篇将"白菜叶子"比作"城门"，精巧贴切，引人好奇，亦为后文的情思蓄势。

133

住着一个毛毛虫。

它小小的，胖胖的，憨憨的，它躺在温暖柔软的床上，正在睡觉，它睡得很香，贴近它，静静听，能听见它均匀的、细微的鼾声。

我为自己的鲁莽闯入感到后悔和内疚了。

是我毁掉这城防，拆了这城门，闯进城中心，我是一个恶劣的闯入者、拆迁者。

有怎样的心境才能欣赏常人所恶之物，听见常人无法听到之声？

睡梦里的毛毛虫被惊醒了，它翻过身，抬起头，惊慌地想出走，然而又无处可去。

它还能到哪里去呢？

它哭了，我看见了它的眼泪。

它的天堂坍塌了，梦醒了。

面对散落的菜叶，面对被我捣毁的城池，面对天堂的废墟，面对这凄凉无助的毛毛虫，我惭愧、内疚，我深深自责。

这份"惭愧"和"自责"是有"菩萨心"之人才会有的啊！

为了保护这毛毛虫，保护这小小生灵，白菜，你这慈悲的菩萨，在冰天雪地里，搜集着露水、地热、残阳和月光，精心修筑了城市，修建了一道道城墙，关闭了一扇扇城门，又在城中心建造了秘密宫殿，收留那天真无助的小生灵，让它在你温暖的呵护里，能度过严冬。

筑起那么多城墙，关严那么多城门，熬过那么多风霜，善良的白菜啊，只为了保护一个弱小的毛毛虫。

面对着天堂的废墟，我，一个粗暴的闯入者，久久自责着，久久不能原谅自己。

在慈悲的白菜面前，我终于知道，我们这些闯入者、拆迁者，是多么粗暴，多么冷酷，多么不厚道，也是多么不该啊……

有慈善之心者才会对自然生灵产生如此温暖柔软的忏悔啊！

与植物相处

中国古典诗歌中有诸多植物意象，如杨柳、梧桐、梅花、菊花、竹林等，在诗歌中具有独特的文化内蕴。《诗经》里也有许多或清明或朦胧的植物（艾蒿、飞蓬、荠菜、旱柳、桑陌、白杨、芍药、郁李、桃花、腊梅、古柏……），将很多人们曾经熟悉的美丽推到我们面前，让我们更容易想象远古文明生成的场所。

人们养猫、养狗、养鸟，养一些温驯可爱的动物，动机之一恐怕就是想在与"异类"的相处中感受一种无忧的情趣。与这些动物相处，人可以回复一种简单的心境。动物的逻辑是只要你喜欢它，它就给你回报：猫偎在你的怀里，狗向你撒娇，鸟向你歌唱……在简单、纯洁的动物面前，人会变得简单、纯洁，会以从容、宁静、无邪的心境，领略生命与生命交流的喜悦。

但是能与之相处的动物的种类还是太少了。人不能和狼相处；麻雀好像只喜欢给人类制造一些小麻烦，好像压根儿不想与人类建立什么亲近的关系；至于虎、豹等凶猛的动物，人们就只能在动物园里隔着铁栅栏远远地欣赏它们的英姿了。这样，我们就格外关注大自然中的植物了，于是我来到植物面前，它们是我的老师和朋友。

这泛绿的青草可是从白居易的诗里生长出来的？蒙蒙细雨里，我几步就走进了唐朝，隐约间仿佛看见了李商隐、王维们的背影，青草绿了他们的诗，绿了古代中国的记忆。我看见了车前草，还是在《诗经》里那么优美地摇曳着。三叶草，三片叶子指着三个方向，哪一个方向都通向蝴蝶的翅膀。野百合悄悄地开了，洁白的手在风里打着手势，似乎谢绝与我相握。它嫌我的手太粗糙，嫌我的气息太浑浊？太阳花开了，这么灿烂的笑。我看见太阳的颜色了，我比天文学家看得清楚，我不用到天上去看，太阳的亲生女儿都告诉我了。

茉莉、菊、栀子、玫瑰……轻轻地叫一声它们的名字，就感到灵魂里生出温柔、芬芳的气息。是的，许多植物的名字太美了，美得你不忍心大声呼叫它们。含着感情轻轻叫一声玉兰，那洁白如玉的花瓣会洒落你一身。静静地守着昙花凝神注视吧，夏夜清风中的悠悠开放，是它漫长一生里难得的灿烂瞬间。竹子正直地生长着，芭蕉捕捉了风的动静，孤独的仙人掌用一手的刺拒绝着轻薄的同情，青苔爬上了绝壁，野草莓想走遍夏天……

有一小块自己的庄稼地多好啊！看一会儿书种一会儿庄稼，写一首诗侍弄一会儿花草。书里的思想抖落进泥土，会开出奇异的花；泥土的气

青草、花朵、庄稼，如老朋友般亲切可爱，植物的生存哲学让我们感悟到生活的意义。

息漫进诗，诗会有终年不散的充沛的春墒。看青翠挺拔的玉米怎样抱起自己心爱的娃娃，看聪明的辣椒怎样在寒冷的土里找到一把一把的火，看豆豆躺在豆荚床上如何构思，看韭菜排列得那么整齐，像杜甫的五律⋯⋯

与植物相处，我们能够感受到生命的过程，能够真正地亲近自然，亦能够得到心灵的净化。

与植物待在一起，人会变得诚实、善良、温柔并懂得知恩必报。植物开花不是为了炫耀自己，它是为自己开的，却无意中把你的眼睛照亮了。植物终生都在工作，即使埋在土里，它也不会忘记自己的责任。你无意洒落一滴水，植物来年会回报你一朵花。没有谁告诉它生活的哲理，植物的哲学导师是深沉的土地。

鹅　儿　肠

　　鹅儿肠在民间有鹅肠草、鹅儿肠菜、鸡肠菜、合筋草等多种称呼。肠者,状其柔、细。它能在田间菜地、路畔见缝插绿,不择地而随处生长,故称其为草。它也确实被视为杂草,过去庄稼人下地除草,除的最多的就是鹅儿肠。与别的杂草不同的是,鹅儿肠还是一种野菜,嫩、鲜,味道好,还能清火解毒,防治感冒。

　　小时候,我没有少吃野菜,包括这鹅儿肠。这一方面是对匮乏食物的补充,另一方面,在我的故乡,人们受中医的长久恩惠和影响,乡亲们无论能识文断句或大字不识,潜意识里大都有着中医的眼光,人们普遍相信山野无凡草,百草都是药。虽然人们对多数植物的药性与功能并不都很清楚,但除了对个别有毒性的植物严守禁忌、敬而远之,对多数植物则相信它们是善良的,对人和生灵是友好的,因之,也就亲而近之,放心食用。我曾经这样想:人以及生灵,对植物的最

"乡亲们"长久地亲近自然和土地,更懂得植物的善与恩。

高礼遇，是将自己的身体作为对方的归宿之地，看起来是将植物吃了，其实也可以理解成是将它供奉在自己的身体里了，让其与自己的生命打成一片了。生命和身体，是何等贵重之地，进入了身体，也就等于进入了用肉身建筑的庙宇和教堂，植物等于作为神物被供奉了。从人这方面来说，人吃植物，是在喂养自己身体的同时，顺便欣赏了植物的色香味形，物质活动里伴随了审美。在植物方面可能会有这样的感想：植物进入人的身体，是为了养人，它觉得是在养着一个神秘的神，它对这个神不太好理解，他贪吃，他明明知道这具身体——这座庙宇迟早会坍塌，但他还是吃很多东西去堆积、支撑、加固这座注定要倒塌的庙宇。植物想：也许它养活的不只是这座庙、这具身体，而是养着藏在这具身体里的一个看不见的东西——那才是它供养的真神。

这样理解人与植物的关系，我以为既有趣，而且符合造物者的初衷和本意。否则，如若老是想着人吃植物，是人占有了植物，甚至戕害了植物，人就总是在植物面前抬不起头来，觉得有愧、有过，甚至有罪。

可以把人与植物的关系，理解成互相供奉的关系：人作为庙宇，被植物供奉；植物作为祭品，

想法独到！这样理解人与植物的关系，让人再吃植物时觉得神圣和神秘了许多。

被人收纳。而最终，人也作为祭品，被大自然和宇宙收纳，包括被植物收纳。这样，万物都在互相献祭，共同献给宇宙一份祭礼。

这样，既不拔高人，也不降低植物，它们是平等的，彼此互为神灵和祭品。

说到这里，就可以换一个角度来看养活我们的那些朴素又普通的植物，包括作为杂草之一的鹅儿肠。

鹅儿肠是杂草吗？

这实在不好回答。把养活了自己的植物视为杂草、杂物，不仅不礼貌，而且显得没良心。就如同有人把养活自己的一些同胞，视为社会闲杂人员，无数的农民乡亲多年来就是受此种待遇，他们从事辛苦的农业生产，养活着天下众生，却一直以来被视为没有正式职业的人，成为队伍庞大的"社会闲杂人员"。我的父母都是农民，我也是被"社会闲杂人员"养大的啊。

那么，就叫它野菜吧，也似欠妥，因为它的确是常常作为杂草从菜地和庄稼地里被除掉的。

叫杂草就叫杂草吧，鹅儿肠，原谅我们的词不达意和理屈词穷吧。

在我们生活的周围，在我们生命的周围，在我们身体的周围，生长着、缭绕着多少可爱的、

命名问题确当慎之又慎、精益求精。人类对各种事物的命名不仅包括有形世界中的一切，更表达出有形世界与无形世界的密切关联。对生命的命名更要体现出我们的智慧和悲悯。

憨厚的、亲切的杂草啊。

百草都是药，多少珍贵的药，以平常的姿态、以杂草的形象，默默地出现在我们面前，默默地跟踪着我们的身体，跟踪着我们的病。

野无闲草，闲草不闲。饿了的时候，它是我们的食物；病了的时候，它是我们的药物。在平常日子里，它是无处不在的好风景。

我们把它视为杂草，在这些"杂草"的眼里，我们是什么呢？也许，在它们眼里，我们只是些匆匆过客而已，而它们，这些杂草们，才是大地的永恒主人。当我们全都一茬茬消失，唯有遍地的"杂草"葱茏着世界，也无声地覆盖了我们的坟墓。

不过，见证过沧海桑田的"杂草"，不说透这个理儿，怕伤了我们那点渺小的自尊。

鹅儿肠，如同所有乡野杂草一样，它们都有着菩萨的好心肠……

正如作者在《我们为什么活着》中说："我活着，全靠自然、众生的护持和养育，我这一百多斤的躯体，从头到脚，从里到外，浓缩了大自然太多的牺牲。"我们活着，也要懂得感谢这些"野草"的护养啊！

第四单元　感念祖先

我不能说我的先人已经失踪或死去。我的先人比我更活跃，更无处不在。我日出而作日落而息，我的先人日出而作日落不息，我的先人没有日出日落，我的先人就是那循回不已、照看天地、环绕我四周的永不下沉的日。

我常常感念，感念几百万年前那第一个直立行走的猿人，他是我的远祖；感念几十万年前那位母亲，她管理着一个氏族，温暖着那些粗粝的男人，在一个悬念重重、没有理性阳光照耀的混沌天空下，她用母性的双手疏导着蛮荒的生命之河，使我们有了可以浮流而下的上游，她是我最伟大的祖母……

父亲也许没有带给我们什么财富、权力和任何世俗的尊荣，清贫的父亲唯一拥有的就是他的清贫，清贫，这是父亲的命运也是他的美德。但是，比起他的没有留下什么，父亲更没有带走什么，连一片草叶、一片云絮都没有带走。他没有带走的一切，就是他留下的。连我对他的感念和心疼，他也没有带走，全都留在了我的心里。这么说来，我的所谓的感念和心疼，说到底还是我从父亲那里收获的一份感情，直到他不在了，我仍然在他那里持续收获着这种感情。而他依然一无所有地在另一个世界孤独远行。

感 念 祖 先

记得童年时，我家的堂屋里是供着先人的灵牌的，大人们把那叫"先人牌牌"。房屋是祖传的瓦屋，一共四间，靠西第二间就是堂屋，正中的灵牌整齐地摆了一排，依次是祖父、太祖父、曾祖父，以及旁系的先人们。那时我还未上学，也不识字，不懂得辈分的排序，更不理解这里面的宗教的、伦理的奥秘，但隐隐觉得有一种神秘，一种对时间的畏惧，一种生命传递的深奥秩序在其中。

每当逢年过节，比如除夕、父母亲的生日、中秋夜，我们兄弟姐妹都要在父母带领下，向先人们跪拜、叩头、献祭。献祭的礼物，我记得有时是几个鲜桃，有时是几个馒头，中秋夜，自然是献几块月饼、一盘大枣。但是，过不了几天，大人们就让我们分吃了这些祭礼，父亲说：这是你们的祖父、太祖父、曾祖父舍不得吃，留下让你们吃的，你们吃了，就要听话、勤快、孝顺，

"祖先崇拜"不仅仅是儒家的习惯，更是人在自然繁衍中的灵性诉求。在不同文化中，祖先崇拜和神灵崇拜不太一样，对神灵崇拜是希望祈求一些好处，但对祖先的崇拜一般只是表达亲情。

144

祖宗们就会为你们高兴，为你们添福。

那时，我常常望着排列整齐的先人们，想象着，倘若他们真的能活过来，从他们的姓名里走出来，忽然站在我们面前，他们会说些什么？

当时还不懂"遗传"，但父亲母亲说：先人们会把他们的长相、眼神、脾气、口音传给后人的。后人就是先人的影子，后人也是先人们遥远的回声。那时流行看手指上的纹路，辨手相，猜命运，男左女右，指纹上有箩箩，有筐筐，箩箩盛米，是富贵命相，筐筐挑土，是穷苦命相。我们看着手上的箩筐，猜测着可能的命运，虽然是游戏，但也有几分严峻，对那尚未完全展开的命运，生出朦胧的恐惧和期待。

我常常对着先人灵牌，想象着：我手上的这些箩箩筐筐，曾经长在谁的手上？而那些看不见的手们，曾握住了怎样的命运？他们的筐筐里装了些什么，他们的箩箩里又带走了些什么？

不等我上学读书，一场突如其来的风暴席卷了大地，也毁掉了被指责为"封建遗物"的先人灵牌。先人们从此失踪了，彻底退出了我们的生活。当时我还隐隐觉得痛快：这样至少解放了膝盖，从今再没有祭礼，再不用叩头下跪，再不用吃先人们"吃"剩下的东西。从此，我们不再有

> 我们每个人的身上都有先人的"影子"，小到家族相似性，大到民族共通性。从我们的身躯到我们的思想，都是五千年中华文明在不断的震荡和融合中演进的结果。

先人，我们不知道也不想知道自己是谁的后人。

多年后我才知道，先人失踪的那一刻，我们也失去了仅有的一点仪式化的生活；先人彻底死去的那一刻，寄存在时间中的那点不死的灵性和记忆，从此也彻底死去；先人退出了我们的时间，我们也退出了古今相连的时间。从此，我们活在时间的碎片里，记忆的线索被一把揪断，时间和生活，从此变成碎片。

于今看来，那整齐站立的祖先，是连绵不断的时间，是传递不息的记忆，是口音不变的方言，是传道不止的老师。

先人失踪了，从此我不知道我是谁的后人。

如今我连我的祖父的名字都不记得了。只知道他的字是"彩"。李彩，这是怎样一个鲜活，甚至有点缤纷、热闹的名字呢？据说他上过私塾，喜欢中医和书法，童年时，我在墙壁上看过他写的毛笔字，那是他习帖练字时写在宣纸上的，后来贴在墙上当墙纸。现在我还隐隐记得那字写得十分苍劲，特别是刀撇十分漂亮，看得出写字的那双手是何等专注。但我只能看到他被随意贴在墙上的手迹。我想象那双手，我祖父的手，想象那双眼睛，我祖父的眼睛。在我出生之前，他已死去多年，据说他只活了四十岁左右。

概括得多好啊！这次断裂造成的伤害不言而喻，引人无限痛惜啊！

我不知道我那名叫李彩的爷爷，究竟活得有没有色彩？是不是恰恰因为岁月太暗淡了，才期待多一点色彩？也许寂寞是他形影不离的伙伴，才梦想着活出一点别样的动静。我终于看见了他，他的手固执地穿过时间，固执地伸进了我的生活，他那么认真地在我们简陋的生活里写下庄重的繁体字，他把手温留在纸上，留在墙上，留在四面漏风的生活里，他怕我们受冷。当粗暴的闪电透窗而来，他紧贴墙壁，打着古老的、复杂的手势，企图挡住什么，并抚慰我们易受惊吓的生活。

　　据说我的太祖父是一位盐商。生意做得不大，一生都东奔西跑，一生都在向人间加盐。他充满盐的生活，一定有许多苦涩的细节。没有人比一个盐商更懂得苦多乐少的生活道理。谁也离不了盐。日子需要盐来加味，骨头需要盐来加固，泪水需要盐来勾兑。据说他贩的是海盐，经由他的手，千家万户都尝到了海的味道，他把大海均匀地引进无数人的生活。海并不知道这个渺小勤苦的人在奔忙什么，海忙着海的事情，海不关心波浪以外的事物。后来我的太祖父死于一次长途贩运，另一说法是死于海潮拍岸的夜晚。他一生都在盐里奔波，最后与盐融为一体，盐主宰

有些东西确是揪不断、打不碎的！

作者这发自内心灵性的悲悯、担当、慈爱与觉悟中，亦有先人的"影子"。正如上文所言，"后人就是先人的影子，后人也是先人们遥远的回声"。

了他的一生，也总结了他的一生。有时候，我思考我为什么总是多愁善感，经常悲悯那受难的生灵和受苦的人们，却很少有绝对幸福的感受，并固执地认为生命不是一次享乐，而是一次历险，一种担当，一种对黑暗宇宙的眺望和呼唤。人，不仅只承受命运施予自身的重压，而且也要分担自身之外的更多命运，分担自然界和人世间的无穷苦难，人生的最高境界绝不是获得现实的福利，人生的最高境界是觉悟到宇宙和万物都在受苦受难，并以自己的爱心和善行分担这种苦难，在发自内心的苦难承担中，感受到一种心灵的崇高幸福。我自认我的宇宙观中浸透了盐的成分，我的生命观中充满了海的气息。这植入血脉的气质，必来自一个久远的遗传。我知道，我那在盐里奔忙一生的太祖父，把太多的盐沉淀在基因里。而他的身后，是无边无际的海，是层出不穷的盐。

有关我太祖父的说法，已近于传说了，父母的说法与上了年纪的乡邻的说法，向我提供了多种版本，而且多是片断，都不连贯。随着时间的推移，曾祖父也渐成为古人，关于他的那些片断说法，也就成了古代传说。据说他当过土匪，有一次大雪封山，他与土匪兄弟们失去联系，躲在山洞里险些冻饿而死，一个猎人救了他，为了报恩，他就与猎人结为兄弟，并从此成为勤劳的良民，后来发家致富，娶猎人妹妹为妻，为了纪念这深山的缘分，他自己为自己另改了名字：缘山。另一种说法是，我的曾祖父跟随洪秀全的军队南下反清，作战很是勇猛，他极善刀术，在他的刀下次第倒下许多冤魂。后来起义兵败，他带着浑身的伤疤和剩下的一只左胳膊，还带了一个南方女人，悄悄返回老家，置了几亩薄田，养了几个儿女，在伤口里，在刀光剑影的记忆里，度过了貌似安详的余生。

我的这位祖先，他扑朔迷离的身影，他波浪迭起的生平，使线形的时间充满了曲折，使平常的、世代务农的家谱，有了峰峦般的悬念。

我的祖先仅仅就是这位祖先吗？不，那位猎人也是我的祖先，那饥寒中的搭救，不仅搭救了一个土匪的性命，而且搭救了他的灵魂，也顺便搭救了——遥遥地搭救了我，使我有可能成为他的后人，使我的语言能对他进行隔世的诉说。此刻，我知道，比起我的祖先，有一个人更像是我的祖先，他搭救了我的祖先，也把我从虚无中搭救出来，使我成为我祖先的后人。

而那个只剩下左胳膊的男人，他的右胳膊丢在了哪里？想来，这个男人搂抱的空间是太大了

正如上文所说，祖先"是连绵不断的时间，是传递不息的记忆，是口音不变的方言，是传道不止的老师"。对祖先生平的追念，让我们知道自己是谁的后代，也让我们间接知道自己是谁。

些，他右胳膊抱住了南方的土地，化进了南方的土地；左胳膊搂住了北方的夕阳，没入了北方的夕阳。那搂抱的姿势太残酷了，用力过猛的爱，更像是恨。幸存的左臂左手，一直在为右面的——为右面的过去忏悔或战栗？据说这左手写得一手好字，且写了一部厚厚的书，那一定不是一部闲适的书、消遣的书，一定是放弃剑的手对剑的沉思，一定是浴过血的手对血的祭奠。而我的左手，有生以来不曾写过一个字，它笨拙得连"左"字都不会写，它一丁点也没有继承那遥远的手功，那段过去只是手的漫长历史里一个短短的误会，根本没来得及改变手的基因；我的右手只习惯于翻书、抚摸绿叶、写字或掬起一捧河水，对尖锐之物和一切凶器始终怀有敌意并保持距离——这是否因为，在灵魂的附近，出没着一只已返璞归真的手，在劝阻和教诲？

由此，我不能说我的先人已经失踪或死去。我的先人比我更活跃，更无处不在。我日出而作日落而息，我的先人日出而作日落不息，我的先人没有日出日落，我的先人就是那循回不已、照看天地、环绕我四周的永不下沉的日。

生命作为整体看似顽强，而具体的生命极其脆弱。孕妇的一个猛烈喷嚏，可能断送一个生

对先人行迹追溯的背后，更有对祖先那崇高灵魂的感念。

命；路人的一缕善念一个援手，可能搭救某种陷于绝境的命运。

我常常想象，在世世代代不停传递的血脉到达我之前，一路经历了几多凶险、几多不测、几多火情、几多潮汛？这血脉如同火把，穿过黑夜又进入黑夜，然后又穿过黑夜。风吹、雨浇、悬崖、深谷、天灾、人祸，举火把的那些手，稍有闪失，都会使火把熄灭，火种失传，都会使一线血脉中断，一座庙宇倒塌，一个家族绝灭。而终于，血脉穿过时间的千山万水，到达了此刻，到达了我。细想想，这怎能不是一种奇迹。宗教徒总是在自己的信仰里强调神的奇迹，其实，我们不必舍近求远，这天地就是神庙，这生命就是神迹，生命传递的故事，无须改写和神化，本身就充满奇迹。生命的谱系，往深里读，就读成了神的谱系。与其说我们是在崇拜神，不如说我们是在崇拜生命，以及那造就着生命又包容着生命的天地，和天地间那庄严深刻的秩序。

因此，我常常感念，感念几百万年前那第一个直立行走的猿人，他是我的远祖；感念几十万年前那位母亲，她管理着一个氏族，温暖着那些粗粝的男人，在一个悬念重重、没有理性阳光照耀的混沌天空下，她用母性的双手疏导着蛮荒的

是啊！生命不易，生命在时间巨浪中的传递更是艰难！

"神明""生命""天地"三者归一，这是中国哲学的智慧。儒家讲"天人合一"，天是道德观念和原则的本原，人心中天赋地具有道德原则，这种天人合一乃是一种自然的，但不自觉的合一。在道家来看，天是自然，人是自然的一部分。因此庄子说："有人，天也；有天，亦天也。"天人本是合一的。

生命之河，使我们有了可以浮流而下的上游，她是我最伟大的祖母；感念那用手指在大地上划下第一缕线条和第一幅图案的人，他是我最智慧的祖先，是大师中的大师，因了他，万物从此被人辨认和书写，直至终于一笔一笔画出了自己的心灵，于是日月星辰都见证着心灵并注释着心灵，一切的存在都与心灵发生联系并丰富了心灵，他应该是我们精神的共同祖先；感念那位武将，他阻止了一场毁灭性的凶险战火，他用剑装订了险些散失的族谱，他用大勇行大善，我今天回旋于心室的血液，与数千年前的他的体温和心跳有关，他是我永远都敬重的最有血性的祖先；感念那位巫师，那位占星士，他以神秘的语言向帝王解释天意，实则是以星相说世相，以天意传民意，他以天的法典制止了帝王的暴戾，他用非理性的方式传达了人们内心深处的朴素理性，使那迷狂的王朝也有祥云降临，百姓的夜晚也能看见几粒照明的星斗，他，夜夜眺望星空的人，冥想而不得其解，不得其解而总是冥想，他是我最神秘的祖先；感念那位诗人，他打磨语言如上帝打磨星星，内心的夜晚终于被他一点点打磨得精致而明亮，那些狂乱的心跳，渐渐停靠在和谐的韵脚上，于是生活渐渐有了朗朗上口的发音，爱情

文字的产生，使人类脱离了野蛮和蒙昧，跨入了文明的门槛，文字突破了语言在时间和空间上的局限，使先祖的心灵和思想得到更广阔的传播和更长久保存，让我们能够与先祖在心灵上有更深的联系和交流。

也有了含蓄的意境，石头的山和液体的水，从此成为崇高的英雄和婉约的女子，我今天使用的语言都被他反复凝视和打磨过，我说话，不过是他的另一种回音，语调基本相同，我写字，不过是他的另一种姿势，字体则大致上相似，毫无疑问，他是我最有美感最富诗情的祖先；感念那位农夫，他从炊烟走进雨雾，从牛羊走向稼禾，他一生都没有走出阡陌，他一会儿横着走，一会儿纵着走，他把沟沟坎坎的农业，走成四四方方的田园，走成四四方方的生活，我身上的每寸肌肤都曾经在他身上，我手上的每个纹路都曾经在他手上，淋湿我脸的雨水也曾淋湿过他的脸，扎破我手的荆棘也曾扎破过他的手，透过每一株植物我都看见他辛劳的背影，那总是弯着腰的他，那知足常乐却经常愁苦的他，正是我勤劳的祖先。

　　我当感念，怎不感念：那沿路乞讨的乞丐是我的祖先，大灾之后，走投无路，他完全可以一死了之，一了百了，然而他委屈着自己，以有损尊严的方式保存了性命，也最终保存了尊严，他的乞讨，不仅验证了灾后的大地并非颗粒无收，也验证了灾后的人心并非颗粒无收，而且他使险些中断的血脉不致中断，一直延伸到此时此刻，延伸到我的心跳、我的怀想和我对他隔世的

海德格尔说："当我们谈论语言时，我们总是纠缠于一种不恰当的讲。这种纠缠使事物不能以其本来面目为我们的思所知。"而我们的诗人祖先以其天才的灵性为我们讲出了很多我们想讲又讲不清的话。

感恩。

我当感念，怎不感念：那低眉颔首、素衣青丝的女子，她出生大户，却下嫁给一介乡间寒儒，她不仅为他带来了美貌，带来了风度和教养，带来了琴棋书画，也为这个家族带来了高贵的基因，从此，因了高山雪水的融入，小河变得开阔，加大了流量，并生发出浑厚的潮音。我常想，我左脸这长得太偏的痣，也许在数百年前，曾生长在她的眉心，那么确定和恰好的位置，好似一种不偏不倚的美学。呈现大美的人，必是天地运行与血脉运行的共同造物，在一个神秘的时刻里的和谐结晶，如同北斗七星的神妙造型，必是天地星辰亿万载运作才提炼出的动人意象。那么，接受我隔代的感恩吧，我温柔的祖先，我美貌的祖母。

我当感念，怎不感念：激流中的那只船，搭载了我下沉的祖先；黑夜里的那盏灯，抚慰了我迷路的祖先；那只可敬的大白狗，惊醒了熟睡的家族，斥退了行凶的恶人，营救了我那安分守己的祖先；还有，那只灰母鸡，以它温顺的死，它宿命般的牺牲，营养了虚弱的孕妇，那清香的鸡汤，那清香的渐渐红润的黎明。我们总是不得不在世界的柔弱部位，索取别的生命的温热，以减少我们自身的寒冷。此刻，我不能不说，我的生命与几百年前的那只灰母鸡有关，在那个早晨或夜晚，当雄鸡开始第二次啼鸣的时候，那只灰母鸡，它温存地（多么值得同情和感恩）帮助了我的祖先……

是的，我常感念，怎不感念？情到真时，思到深处，我发现——

时间深处那些渐行渐远的人，都是我的祖先；这涵纳我的天地，这环绕我的万物，都是我的祖先……

读到这里，同学们注意到有什么变化了吗？前面说的是"我当感念，怎不感念"，这里"当"字换成了"常"字，前后有什么差异呢？

感念祖先　**155**

葫芦架下的母亲

初夏的早晨，我妈吃过饭，就在门前院子的葫芦架下，坐在竹凳上为我们缝补衣服，哥哥的书包带子断了，我妈要给接上；我的裤子膝盖上磨了个小洞，我妈要给修补；爹的衬衣，姐姐的枕巾，妈自己的布鞋，都等着她去连缀，去重新出落得完好。

暖和的阳光洒在葫芦架上，嫩绿的叶子窸窸窣窣，嬉笑着伸开手掌互相抚摸，一高兴，它们手里捧了一夜的露珠，不小心洒了下来，有几颗刚好掉在我妈的脸上。我妈伸手抹了一下，放进口里，"好甜的天露水呅"，我妈叹了一声，又自言自语：天意呀，天降甘露，今天怕是个好日子哩。

我妈开始穿针走线了。葫芦叶子的影子，掉在妈的身上、手上，掉在针线篮里，掉在哥的书包上，掉在那些等待着的衣服上、裤子上、鞋子上、针线上，掉在妈的心思上。

要懂得感念一直为全家人操心、劳作的我们辛勤的母亲！

以天降甘露这一细节，精当地刻画出了乡间清晨勤劳恬淡的母亲形象。

156

我妈灵机一动，其实，也不是灵机一动，这在我妈已成习惯了，是仅属于我妈的秘密习惯——取来她的孩子们用的铅笔，将那从各个方向投影下来的葫芦叶子们画下来，就画在那接待影子的布上。若觉得掉在恰好的地方，好看，正合适点缀点什么，就依照那样式，略加放大或缩小，一针一线缝好绣好，她的艺术品就成了。瞧，此时，被我那顽皮的膝盖磨破的裤子上的窟窿，正被一片翠绿的胖叶子补丁覆盖了，那本来寒碜的补丁，却成了有趣的、摇曳着的一片初夏的叶子。

快到正午了，一片叶子的影子，定定地守在刚展开的姐姐的枕巾上，好像不愿走了。妈说：这是缘分和天意，咋不早不晚，偏偏就在这时，是这片叶子，来到丫头的枕巾上，怕是要为她送些吉祥好梦？我妈就把这安静清凉的叶子，挽留在姐姐的枕上，挽留在她青春的梦边。

我妈爱说缘分、天意，却很少说运气之类。可是我要说，我哥的运气比我好，你看，这时候轮到为他缝书包带了，一朵正在开着的葫芦花——它正在鼓足劲开花瓣儿，那花瓣儿还没开圆哩，它把还没有开完的花影儿匆忙地投在哥的书包上。我妈看见了，花就在她的手边颤呢，花

注者山行时亦曾细心欣赏过太阳透过树叶投在山路上的影儿，实乃大自然的艺术佳作。"母亲"真是有一颗懂自然、通艺术的心灵啊！在清贫的生活中，母亲的这分审美之心和恬淡之情，令人敬美。

心里还噙着亮晶晶的露珠儿。妈抬起头，望了望绿莹莹的葫芦架和蓝莹莹的天，然后把目光停在手边的葫芦花上。妈微笑着，笑意、暖意和神秘的天意，满当当地漾在妈的脸上、心上。此时，她整个儿被一种我们后来漫不经心地挂在口上的所谓诗意呀、禅意呀等更为圆融深挚的情感暖流和纯真欢喜给笼罩和充盈了，那是只有上苍能够给予的一种福气和喜气。

我妈就把那刚开的、花心里还噙着露珠的葫芦花，绣在我哥的书包上了。你说，我哥的运气有多好？

我妈几乎不识字，仅认得一二三天地人山水田土木火上中下……总共就三十来个字，也没受过什么美学教育和艺术培训，但是，她有很纯正的美感，有她朴素的美学。我妈的美感和艺术灵感来自大自然，来自她劳作、生活的田野、山水、草木和花鸟，来自她对美的事物的直觉领悟。我家门前这菜园，这蓬勃着青藤绿叶黄花的葫芦架，就是我妈的美学课堂。就在此刻，在这个早晨，在葫芦架下，我妈凝神静气，感受着天意，进行着对大自然的模仿和美的创造……

生长于更易亲近自然的乡土环境中的母亲，虽不一定懂得高深的"诗意""禅意"为何物，但自然的浸润与滋养使母亲的心灵纯净恬淡，活出了生命最宝贵的喜气和福气。

艺术来源于生活，生活中充满着艺术！大俗中见大雅，大愚中见大智。

替母亲穿针

一根长长的线用完了，母亲细心绾一个结。这是驿站上的小憩，线的目的地还很远，线还要继续赶路，一直走到袖口、领口，走通衣裳的每一条道路。

又要换一根线了。这时候，如果正逢黄昏，视力不好的母亲就会喊我们或邻居家的孩子，替她往针眼里引线。记不清替母亲引过多少次线，但那种感觉我记得很清楚。往针眼里引线的时候，那长长的线也引进了我的心眼里。

垂直地举起针，对准光线，眯起眼睛，凝视针眼，轻轻地呼吸，集中起体内的全部注意力，另一只手小心翼翼地举起线，拿针的手和拿线的手都不要颤抖。针眼太小了，用目光反复打凿。好！目光顺利地通过去了，线紧跟着目光也顺利地通过去了！一次爱的凯旋！针和线拥抱在一起，爱和爱拥抱在一起，然后它们结伴而行，跟随母亲的目光赶路去了。

母亲缝缝补补，劳作之辛劳可见一斑。

这是作者对为母亲穿针这一生命体验的传神描写。注者儿时亦有伴母亲穿针的经历，在母亲辛勤劳动之时能够为母亲出点力是多么令人高兴的事情啊！成功穿针后的感觉确实可以用"一次爱的凯旋"来精到概括。欣赏作者"凝视和打磨"语言的能力！

那一刻，世界是那样单纯和率真，没有天堂、没有地狱、没有灾难、没有风暴，只有一个小小的针眼！

那一刻我忽然发现：母亲的眼睛是世上最美丽的眼睛，从一孔小小的针眼里，她也许不会看见更为伟大的事物，但她绝对从细微处发现了那些被惯于仰视的眼睛一再忽略了的细小而微妙的美丽。

那一刻我忽然明白：母亲缝的衣裳为什么格外温暖，针针线线都有她的目光和手温，每一个针脚都藏着她温柔的心跳。

那一刻启蒙了我的美学：天地固然很大，但肯定也是一针一线织成的，众多琐碎的事物织成了宇宙的大美；针眼固然很小，但它凝聚了散漫游移的眼神，透过这秘密隧道，你会看见事物的纹理和深邃本质，以及万物的灵魂。

那一刻我看见了遥远：世世代代的母亲不就是这样缝缝补补，编织了历史的经经纬纬？呀，透过小小针眼，我看见无数母亲们的眼睛，我看见她们手中的线，依旧在补缀着漫长的岁月和思念。

那一刻我懂得了：在夕阳下，替母亲穿针引线的孩子，都会有细腻的内心和善良的情感，他的眼睛不会变得浑浊和冷漠，一缕细小而纯真的光线，已永远织进了他的目光里……

父亲的鞋子

　　那年，记得是深秋，父亲搭车进城来看我们，带来了田里新收的大米和一袋面条。"没上农药化肥，专门留了二分地给自己种的，只用农家肥，无污染，保证绿色环保有机，让孙女吃些，好长身体。"父亲放下粮袋，笑着说。我掂量了一下，大米有五十来斤，面条有三十多斤。鼓鼓囊囊两大麻袋，不知他老人家一路怎么颠簸过来的。老家到这个城市有近一百里路，父亲也是快80岁的老人了。看着父亲一头的白发和驼下去的脊背，我没有说什么，心里一阵阵温热和酸楚。父亲看着我们刚刚入住的新房，墙壁雪白，地板光洁，说，这辈子当你的爹，我不及格，没有为你们垫个家底，你们家里，连一块砖我都没有为你们添过，也没有操一点心，也没帮过一文钱，我真的不好意思。只要你们安然、安分，我就心宽了。我不住地说，爹你老人家还说这话，我们长这么大就是你的恩情，你身体不错

父母已经费尽心思把自己最好的东西都给了孩子了，但还是觉得给子女的不够多，竟觉得对不起孩子！读到这里，注者"心里一阵阵温热和酸楚"。

好好活着就是我们的福分，别的，你就别想多了。

一直硌着脚地走路怎会忘记呢？急着做什么呢？

父亲忽然记起了什么，说，嘿，你看，人老了忘心大，鞋子里有东西老是硌脚。昨天黄昏在后山坡地里搬苞谷，又到林子里为你受凉的老娘扯了一把柴胡和麦冬，树叶啦，沙土啦，鞋子都快给灌满了，当时没抖干净，衣服上头发上粘了些野絮草籽，也没来得及理个发，换身像样的衣服，就这么争慌慌来了。走，孙女儿，带我下楼抖抖鞋子，帮我拍拍衣服上的尘土。我说，就在屋里抖一下，怕啥，何必下楼。父亲执意下楼，说新屋子要爱惜，不要弄脏了。

"父亲"如此客气，亦让人"心里一阵阵温热和酸楚"啊！

楼下靠墙的地方，有一小片长方形空地，还没有被水泥封死。父亲就在空地边，坐在我从楼上拿下来的小凳子上，脱了鞋子仔细抖，又低下身子让孙女儿拍了衣服，清理了头发。上楼来，我帮父亲用梳子梳了头发，这是我唯一的一次为他梳头。我看清了这满头的白发，真有点触目惊心，但我又怎能看清，白发后面积压了多少岁月的风霜？

这也拉近了父子间的距离。

第二年春天，楼下那片空地上，长出了院子里往年没有见过的东西，车前子、野茅草、蓑草、野薄荷、柴胡、灯芯草、野蕨秧、野刺玫，在楼房转角的西侧，还长出一苗野百合。

大家都感到惊奇，有个上中学的孩子开玩笑地说，这不就是个百草园吗？大家都说，新鲜，真新鲜。也有人说这个院子向阳，有空地就不愁不长苗苗草草。议论一阵也就不再管这事了。只有我明白这些花草的来历。它们来自父亲，来自父亲的头发、衣服和鞋子，来自父亲的山野。

它们也是"父亲"给"我"的恩赐！

是的，父亲也许没有带给我们什么财富、权力和任何世俗的尊荣，清贫的父亲唯一拥有的就是他的清贫。清贫，这是父亲的命运也是他的美德。

"清贫"如何成了"美德"？后文作者的解答撼动人心。

但是，比起他的没有留下什么，父亲更没有带走什么，连一片草叶、一片云絮都没有带走。他没有带走的一切，就是他留下的。连我对他的感念和心疼，他也没有带走，全都留在了我的心里。这么说来，我的所谓的感念和心疼，说到底还是我从父亲那里收获的一份感情，直到他不在了，我仍然在他那里持续收获着这种感情。而他依然一无所有地在另一个世界孤独远行。

是的，他没有带走的一切，就是他留下的。我看着大地上的一切，全是一代代清贫的父亲们留给我们的啊。

何况，我的父亲，他把他的山野、他的草

木、他的气息都留给了我们。

他清贫的生命，又是那般丰盛和富有，超过一切帝王和富翁。在他的衣服上拍一下，鞋子里抖一下，就抖出一片春天。

那么，我们这些自以为是地活着的人们，又能给世界留下什么呢？我们敢于践踏一切的鞋子里，除了欲望的钉子和冷酷的铁掌，还有别的可以发芽开花的种子吗？

父亲越去越远，越去越远，他留下的草木，永世芳香。

"清贫"确实是很多人不曾体悟到的"美德"啊！

有关火柴的记忆

一

父亲那一代人，一直是使用火柴的。

我记得，他们并不是每个人衣兜里随时都带着火柴，常常是好几个人当中，才有一个人带着火柴，可能是因为脆薄的火柴盒，装在这些做重体力活的人们身上容易被挤压破损吧。在劳动间隙，想抽烟而没带火柴的人就会喊一声，谁有火？就有人回答，我有火。想抽烟的就走过来，围在那个带着火柴的人面前，将旱烟锅或自制的旱烟卷凑过来，那人将点燃的火柴依序递到他们嘴里含着的烟上，那动作是快速而又小心翼翼的，动作幅度大了，就会招风熄火，动作慢了，点不了几根烟，火柴就燃完了。因此，帮人点烟算是一门需要掌握分寸的小小技艺，也是乡村生活中很温情的一个场景。

这独特的生命体验有着满是乡土气息的温情。以此开篇有何用意呢?

<u>小时候,我看见大人们围在一起点烟的场面,就隐约感到这些平时辛苦而粗糙的男人们,内心里其实是藏着温情的,他们彼此之间也都怀着友好的感情。</u>

二

至今记得这个场面:夜晚,吹着寒风,生产队加班修水库,几十个社员默默劳作着,起落的镢头、铁锹,在夜色里划动零星的天光。这时,几个想抽烟的叔叔伯伯走过来,围在总是随身带着火柴的父亲面前,父亲点燃火柴,微弯着身子挡住风、护着火,将手中细微的火焰依序递给围在身边等待接火的乡亲们。这时,火光映照着父亲的脸和乡亲们的脸,这些古老的乡土的脸,显得那样质朴、单纯、温和。我那手捧火苗的父亲,他被乡亲们亲切地围着,这一刻,我的农民父亲,俨然成了夜晚的中心,成了温暖的中心,成了这个世界的中心。

乡土之中生长的人们是如此的淳朴、简单,又是如此懂得相互感念。

<u>我想,此时,我卑微的父亲心里,一定会生起一种被别人需要和被看重的幸福感觉。而围在他身旁的乡亲们,心里也会泛起一种尊重和感激的细微情思。</u>

三

在我的记忆里，劳动者抽烟借火的场面，都是温暖的、温情的、温馨的。他们以火柴为中心围在一起，彼此的身体离得很近，手、胳膊、衣服都互相紧贴着，甚至，俯身接火时，彼此的脸几乎碰在一起。细微的火苗，温暖的火种，拉近和连接起彼此的身体、表情、呼吸和心跳，拉近和连接起彼此内心的温情。他们围在一起抽烟的时候，也并不多说什么，这种亲近的身体语言已经表达了更实在、更温暖的内容。

为什么过去乡村的人们，话语都不多？他们其实少的是空言虚语，他们本分、实在、厚道，田园山水、草木庄稼和日常劳作，都在表达着天地人心里的丰盛景致，因此，他们不需要多余的语言。当然，那亲切、温暖的身体语言，他们是最不缺乏的，小小火柴，就是他们随时打开的话语"词源"。

四

清贫、素朴的生活，才能培养清洁的美德和内在的温情。反之，富足和奢侈的生活，只能使人浮华、浅薄而冷漠，人与人、阶层与阶层之间也会被物质的屏障阻隔而少了心灵的相通，随时可以到手的物质和招之即来的便利，使人与人之间变得互相不需要，互相没感情。

那些注重内在修行的人们，以及出家的僧侣，历来都把清贫的生活看作通向真理的途径，把清贫看做一种美德和人生境界。他们总是把物质的需求降到最少和最低，他们不让多余的物质消耗去伤害自然和生灵，不让多余的东西挤压和遮蔽了追求真理的心灵。他们以单纯的心灵面对宇宙并融入宇宙，他们在看似简单的生活里，体验着丰富的诗意和清澈的禅悦。

父亲那一代人陆续都已作古了，他们辛苦了一生，也清贫了一生，每念及此，我都感到心酸。然而，让我感到欣慰的是，在辛苦、清贫的一生里，他们，也曾经有过温情和感动，那小小的火柴，曾一次次照亮了他们的表情，他们的心。

于今看来，父亲和大地上走过的一代代农人们，他们勤劳、清贫、真诚、厚道，他们就是在天地这座古庙里修行悟道的大德高僧。

五

几个人亲热地围在一起，一根温暖的火柴，

小小的火柴联系着父辈间的情谊，有关火柴的记忆让作者时时感念父辈的美德和温情。

成为某个时刻生活的中心和世界的中心，人们通过接近火苗而点燃烟卷，也点燃心中的温情。这很像一种不是宗教而内涵着宗教意味的精神仪式：那手持火苗的人，火光照亮了他的脸，他像一位古代的祭司，主持着生命与生命、心灵与心灵的相遇、相依和相知，大家围在一起，默默地重温心灵的约定。然后，衔着火苗各自散去，那温暖的烟缕，长久缭绕在岁月的上空。

这么多年，我再也没有看见过上述的动人场景，随处可见的却是另一种场景：人们围着麻将、赌场、名利和官帽，像信徒围着信仰和上帝，像求道者围着道义和真理，人们团团围坐在金钱和权力的图腾面前，权和钱，成了生活的中心，成了失去信仰和真理的这个势利世界的"终极真理"！人们表情冷漠、目光诡谲地围着物质的神灵，将你兜里的掏出来装进我兜里，将小兜里的套出来装进大兜里，将情感和灵魂全都折算成赌注，赌它个昏天黑地。赌到最后才发现，除了冷漠、自私、算计和不怀好意，人生的衣兜里，其实是空的，什么也没有，没有真诚，没有温暖，没有感情，没有诗意，没有记忆，没有怀念。

在自动打火、自私自利、损人利己的年代，

我竟然怀念起那朴素、单纯、友爱、温暖的小小火柴来了。

六

20世纪80年代，我20岁出头，经常喝酒，也抽烟。那年到深山扶贫，有一天，在山路上行走，烟瘾发作，很想抽，身上却没带火，真恨不得满山的石头里赶快蹦出一块打火石来。走到一个矿山附近，有一个叫杨家坝的村子，迎面走来一位60岁左右的农民大叔，他边走边抽着旱烟，我走上前停下来，说：大叔贵姓？我想抽烟，向你借个火。大叔憨厚地笑着说：年轻人，别客气嘛，你是贵人，我一个草民，还贵个啥呀，我贱姓王，名自成。说着，就在衣兜里掏火柴，我说，王叔，不必麻烦浪费火柴，我在你的旱烟锅上接火就行了。王叔说，能见面就是缘，见到你我高兴啊，我怎能用这老旱烟的苦味，把你的香烟弄得不香了？他郑重地掏出火柴，划燃，侧过身子，半卷着左手掌挡住山风，为我点燃了烟，我吸了一口，又递给王叔一根烟，王叔不好意思地说，我不能要你的东西，第一次见面，就让你破费，那成啥话？我劝说他，这算什么破费呀？那我第一次和你见面，就麻烦你，又成啥话呢？

王叔憨笑着接过烟，放在耳根上，说，我回家慢慢抽，这是你的心意。

我因为有事赶路，问了他家的生活情况，诚恳地谢过他，就告辞了。临别，王叔说他是宁强人，到这里走亲戚，并说了他的家是哪个乡哪个村，让我有机会到他家做客。

那次山野邂逅给我留下了永久的记忆，几十年过去了，情景历历如在眼前。细想来，那个场景里，浓缩了我国古老文化和民间风情礼仪的丰富信息：

上一辈人以及我们一代代的先人，大都受到古风良俗的耳濡目染，骨子里都有着传统文化的基因，耕读传家、厚道待人成为先人们普遍的做人操守。你若想知道古人的德行是什么样子，宋朝人、唐朝人的德行是什么样子，这位姓王的大叔就是一个生动标本。他该是 20 世纪 20 年代出生的人吧？那时，传统文化的根脉还没有被破坏和掐断，那时的人还保持着古老中国正宗传人的本色。你看这位王叔，虽不识字或识字不多，但文化的基因流淌在他的血脉里，他接人待物，举手投足，无不透露出古老文化的质朴厚道气息。即使面对一个陌生路人，也会真诚地尊重甚至高看对方，而让自己谦卑地处于一个欣赏者和接纳

曾看过民国时期的照片展，照片里面的人们与近日的人们的一个巨大差别就是，那时的人们的眼里仿佛有光！感念生活在"传统文化的根脉还没有被破坏和掐断"，那是"还保持着古老中国正宗传人的本色"的先辈们！

者的位置。贵看对方，礼遇对方，而让自己甘愿处下，把自己称作"贱"，<u>这里面蕴藏着儒家的仁义敦厚、谦和礼让，道家的上善若水、不与人争、虚怀若谷，佛家的慈悲为怀、去执无我等美德</u>。他这样高看和厚待对方，对方也甘愿处下、淡看自己，而把同样的尊重和礼遇还给了他，二者之间的互相敬重和彼此友好，就在这礼让互动中被温情地建立起来了。最后，彼此无贵无贱，无高无低，只有茫茫红尘间人与人相遇的珍贵缘分和美好记忆。

<u>古语说："礼失而求诸野。"</u>是说，在礼崩乐坏的乱世，权势阶层常常被恶劣的世风败坏和污染了，他们为名利金钱勾心斗角而道德沦丧、礼仪尽失，倒是似乎没什么文化的乡野百姓，还保留着淳厚的人情和古老的礼仪道德。因此，礼仪丧失，只有到民间乡野才能找到。

"礼失而求诸野"，我认为这是一句真理。山野里邂逅的王叔叔，就是一个美好的证明。亲爱的王叔叔，我想念你，二十多年过去了，你怕是快90岁了吧？你还好吗？我还能见到你吗？

七

划燃火柴，一股松木香味儿淡淡地飘起来，

左侧旁注：

这是我们每一个中华子孙应有的品性！

汉代班固所著《汉书·艺文志·诸子略序》中曾提到"礼失而求诸野"。

与周围庄稼和草木气息相融，缭绕成温馨的氛围，人与他所处的环境是那么熨帖。烟燃着，香雾飘着，但他们并没有在自然中加进什么东西，他们只是通过一根火柴，唤醒了自然中的某些魂魄，以对应和填充自己身体中的某些难以命名的渴望。

我想，父亲那代农人的吸烟，未必仅仅是为了满足解乏、提神那么表面和物质化的需要。而是，经由火光、香味、轻烟和暖意所构成的仪式，进入一种不同于日常劳作的出神、恍惚状态。在这个状态里，他们不仅休息了身体，也缓解了内心的焦虑，在逸出日常劳作的那个什么也不做、什么也不想的时刻，体验到生命本身的单纯性、恍惚性和不受生存及死亡压迫的无边无际的自由状态。虽然只是片刻，但那是无边的片刻。在那出神的瞬间，生命变得很空灵、很旷远。

这是乡土中的先辈们最为日常的生命仪式。

八

他们的抽烟，因此成为他们自己的一种私人宗教仪式。

这一刻，他们为自己敬献香火，或互相敬献香火。他们拜自己生命内部那个解脱了焦虑和烦恼的空旷自我为这一刻的致敬对象。

这一刻，也是这些勤劳、清贫的劳动者们，对自己表示犒劳和慰问，表示一种有限的自我欣赏和嘉许的时刻。

在平日的生活中，几乎一切高贵、敬重、赞美、恭维和礼遇的话语、礼节和行为，都是属于那些远离土地和劳动的有身份、有地位、有光环的人们的，而养活那些有身份和有地位的，这些紧贴于土地上的劳动者们，则是没身份、没地位的、被遗忘了的沉默的一群。

这一刻，他们不恭维、不仰视别的人，他们礼拜自己，他们尊重自己，他们自己为自己燃一炷香。

淡淡的烟缕缭绕着他们，这些劳作的佛，辛苦的佛，清贫的佛，他们质朴的脸上荡漾着平和、安详的佛光。

佛是智慧，德行、慈悲最高的成就者。一起吸烟的片刻，父辈们得以暂离生死烦恼，接近无上正等正觉。

九

我记得，父亲生前，每当有人向他敬烟，他总是很恭敬地站起来，双手接过烟，表示感谢，但并不立刻点着，而是掏出旱烟向对方表示回敬，然后划燃火柴点烟，一起共度这一互敬的时刻。如果对方并不抽旱烟，父亲总要诚恳地再次道谢，才开始自己吸烟。

那些给自己发过烟的人，父亲总是把他视为朋友，总是对人家怀着好感和谢意。我就不止一次听父亲说过，谁谁谁有一年在去城里的路上遇见，还为他敬过烟，想不到去年走了（去世）；谁谁谁与他见了面总要互相讨根烟抽，想不到家里二娃出了车祸碾伤了腿，你去他家带点东西帮我问候一下。

知恩感恩，念人之好，是父亲那一代人的美德，我想，也是数千年来我们祖先共同的品德。

十

别人不过发给他一根烟，父亲何以如此珍重？如此念念不忘？

我想，一个出入于田间地头的庄稼人，一生里，除了牛羊看重他甚至尊敬他，除了庄稼苗苗喜欢他并在风里向他点头施礼，除了感情并不深厚的妻子的不多的关怀，还有谁尊敬过他？谁怜惜过他？谁感念过他？

所以，那一根带着别人手温和体温向他递来的烟，就不只是一根物质的烟，而是来自另一个人的一份感情，一份看重，一份礼遇。

于此，我也明白了父亲生前总是随身带着火

柴的原因，这一方面是因为他抽烟要用，另一方面，或许还因为，他可以随时给那些忘记带火柴的抽烟的人们以及时的帮助，藉此体会到一份帮人的快乐，也收获一点被人感谢甚至尊重的暖意。

或许这份暖意和美德正是清贫带来的。

十一

火柴，多数都是用松木做的。点燃时，那股松香味儿，那木质的芬芳，清新、纯粹、淳厚，有雨后森林的气息，也有点像母亲用皂角洗过的头发的气味。我小时候，看见大人们点燃火柴抽烟，我总要凑到他们跟前，一是好奇他们对嘴上冒烟这件事儿为何如此热衷，再就是想闻那种好闻的松香味儿。

火柴的气息曾经遍布城乡，这使得那些即使没有见过森林的人们，也能随时闻到森林的气息。

火柴就像大自然的索引，点燃一根火柴，你就能想象山野里的无数草木。

心里有大自然之人才能在看到火柴时想到草木森林。

十二

当年，我的故乡生产一种叫作"宁强牌"后来改作"汉源牌"的火柴。汉源，即汉江发源地，汉水上游的汉中一带，汉源不仅是一条江的发源地，也是汉朝、汉文化的发源地之一。

贴身的衣兜里装一盒故乡的火柴，就不易受潮，可随时划燃乡情和思念。

那时，我总是把故乡、把大自然揣在贴身的地方，乡情和诗情很少因受潮而熄火，总能随时划出芬芳的火焰。

沿袭父亲的习惯，也是怀揣着父亲的温情和对父亲的思念。

十三

那年，我到西藏旅行，随身带了一盒故乡的火柴。那天夜里，我独自坐在雅鲁藏布江边，面对不远处静立的古老雪峰，我划燃一根火柴，满天密集的星星仿佛被我瞬间点亮，无比清澈的银河好像正向我奔涌而来，要将我带进永恒的彼岸。我把火柴的余烬轻轻放进奔腾的江水里，故乡的一缕松香，静静汇入西去的波涛，我感觉故乡的一缕魂魄随江水远去了，心里竟生起一缕伤感。

如果物质不灭是永恒的宇宙真理，那不灭的，就不仅仅是物质本身，更有一种决定物质不灭的内在的本质精神。那么，随江水流去的那一缕松香，那一缕故乡魂魄，千年万载之后，一定还在时光的海洋里奔流、循环。

十四

父亲生前，别人向他敬烟时，他总是站起来，恭敬地用两只手接着，并诚恳地道谢，即使是我这个做儿子的向他发烟，他虽不道谢，却也是每次都用两手郑重地接过烟，然后擦燃火柴点着，很深地吸一口。他是真诚地看重这份心意。

这是父亲心中重要的社交仪式。

父亲暮年患了肺炎。我建议父亲别再抽烟，父亲很听话地戒了烟，直到他逝世，再没有抽过一口烟。

人常说，人老了，就返回去又变成了小孩。我想，在父亲眼里，他的儿子成了可以依靠和可以管教他的大人，而他，则可以像小孩子那样得到被管教、被怜惜、被心疼的福气。

我们那么轻易地就说服父亲戒掉了陪伴他一生的烟火，很可能是父亲想在我们面前做一个听话的"好孩子"。

但是，在他眼里的我们这些似乎可以依靠的所谓"大人"，他又真正能依靠他们什么呢？

除了一点有限的所谓孝心，我们既不能从伦理意义上把一个迟暮的老人真正当一个小孩去悉心呵护，也不能从医学意义上帮助他解除疾病和一生的劳苦带给他的疼痛和苦难。我们眼看着他被疾病无情折磨，最后被死神收走。

父亲，你高看了你的儿子。他们仅仅是你的儿子。你误以为他们可以担当大人的责任，那是年龄给你的美好错觉和想象。

其实，从你小小年纪死去父亲的那一刻，你就成了孤儿，你一生都是孤儿。

父亲，你走了，从此，我也成了孤儿。

从此，世上再没有父亲。

十五

火柴散发出的气息，是古朴、温和、节制、柔软、徐缓、持久的。

火柴散发出的气息，也是清洁、厚道、有营养的气息。

火柴的气息，是大地气息的索引，那是土地和草木宽厚绵长的呼吸。

父亲已经去世多年了，但我还记得父亲身上的气息。

父亲一生没有用过任何带香料的东西，连那个年代预防冻疮的雪花膏都没用过。

但在我的记忆里，父亲身上很少有过不好闻的气息，父亲身上的气息是浑厚、纯正的，甚至还带着一种草木清芳的气息。

作者至此不再多言，这沉默中却有着只有失去父亲的"孤儿"才能懂得的苦涩与哀痛。

对一个人的记忆是可以有多个维度的，他的相貌，他的声音，他的气息，他的言语，他的作为……注者至今犹记得突然发觉自己一时想不起来亡父的声音的那个泪如雨下的早晨……作者依然能够记得父亲身上的气息，是一种幸福，也是对父亲深沉的感念。

除了农忙时，因昼夜辛劳顾不得洗澡和换衣，父亲和乡亲们的身上难免有些汗味，但这些汗味，也被他们身上覆盖着的更浓郁的草木气息、泥土气息、庄稼气息和旱烟气息给中和了，那汗味反而使他们身上的气息有了一种海的深沉和遥远。

从父亲身上，能闻到整个大地的气息。

一股隐约的松香气息，缭绕并陪伴了父亲的一生，对了，那是他随身带着的火柴，在贴身的衣兜里，父亲始终装着等待划燃的火种。

临终，我们发现，在父亲清贫的衣兜里，还揣着一盒火柴。

"划燃"什么呢？

父亲，到死都期待着划燃什么。

十六

如今，气势汹汹的汽油和尖锐带毒的化学气体，笼罩了我们的生活，也弥漫在我们的心魂。

现实和人心中的乡村正在渐渐远去。我们的感念中除了先祖，还有这乡村的气息。

农业的气息越去越远，父亲的气息越去越远。

谁的衣兜里，还揣着朴素、温和、亲切的火柴？

谁的身上还散发着古老的松香？

第五单元　远去的乡村

城市像驾着坦克、装甲车的冲锋军团，一路炮声隆隆，烟尘滚滚；一路占山霸水，毁田掠地；一路捣毁村庄，沦陷乡土；一路铲除绿色，铺张水泥。城市，眼看着扑过来了。

城市的履历表里，没有土地的籍贯，没有自然的消息，没有生长的年轮，没有生灵的户口，没有天籁的内容，只有消费的记载，只有买卖的账目，只有屠宰的程序，只有利润的涨幅；市场的网页上，没有诗，没有露水，没有古老而清新的歌唱为荒芜的时光标示出生动的段落，只有消费和消费的竞赛，只有购买力的排序和攀比；现代的天空下，只有欲望的气球飘升，只有楼市、车市、股市的攀升，只有消费的风帆不分昼夜地飞升，不会有心灵的太阳在诗意的地平线上冉冉升起。因此，城市，没有抒情的鸟儿，没有歌唱的雄鸡，没有真正的日出。

远去的乡村

小时候刚学会走路，在泥土的田埂上摔了多少跤？我趴在地上，哭着，等大人来扶，却看见一些虫儿排着队赶来参观我，还有的趁热研究我掉在地上的眼泪的化学成分。我扑哧一笑，被它们逗乐了。

现在，在钢筋水泥浇铸的日子里，你摔一跤试试，你跌得再惨，你把身子趴得再低，也决然看不见任何可爱的生灵，唯一的收获是疼和骨折。

即使你在田野里追赶一只老鼠，也能到达一首诗的附近——离老鼠洞不远，是被野草掩护的蛐蛐的琴房，正在演奏《诗经》里的某个曲调。

菜地里的葱一行一行的，排列得很整齐很好看。到了夜晚，它们就把月光排列成一行一行；到了早晨，它们就把露珠排列成一行一行；到了冬天，它们就把雪排列成一行一行。那些爱写田园诗的秀才们看见了，就学着葱的做法，把文字

"泥土的田埂"与"钢筋水泥"的差异提醒着我们，"乡村"已渐渐在我们的生活中、日子里远去了。

葱列与月光，葱列与露珠，葱列与雪，葱列与写字，葱列与诗……作者以自己诗人的眼睛和情思发现了这奇妙的联系。

排列成一行一行。后来，我那种地的父亲看见书上一行一行的字，问我："这写的是什么？为啥不连在一起写呢？多浪费纸啊？"我说："这是诗，诗就是一行一行的。"我父亲说："原来，你们在纸上学我种葱哩，一行一行的。"

你听过豆荚炸裂的声音吗？那是世上最饱满、最幸福、最美好的炸裂声。所以，我从来不放什么鞭炮和礼花，那真有点儿虚张声势，一串剧烈的爆响之后，除了丢下一地碎纸屑和垃圾等待打扫，别无他物，更无丝毫诗意。那么，我怎样庆祝我觉得值得庆祝的时刻呢？我的秘密方法是：来到一个向阳的山坡，安静地面对一片为着灵魂的丰盈和喜悦而缄默着天真嘴唇的大豆啦、绿豆啦、小豆啦、豌豆啦、红豆啦，听它们那被太阳的一句笑话逗得突然炸响的"噼噼啪啪"的笑声，那狂喜的、幸福的炸裂！美好的灵感，炸得满地都是。诗，还用得着你去苦思冥想吗？面朝土地，谦恭地低下头来，拾进篮子里的，全是好诗。

多么纯然细致的生命发现和体验啊！

乡村寂寞吗？有时候是有一点的，但很快就被蛙歌填满了；蛙歌退场，寂寞降临，但很快又被及时降临的鸟声填满了；鸟声稀疏，是寂寞再度袭击爷爷的日子，但是，更多的蛙歌和鸟声同

静气宁心去倾听乡村的声音，欣赏乡村中自然万物的生生不息，又怎会寂寞呢？

远去的乡村　**183**

时降临了，超额填补了这并不严重的寂寞。雨填补云的寂寞，虹填补天空的寂寞，泉填补山的寂寞，鱼填补河的寂寞，燕子填补屋檐的寂寞，狗叫填补夜晚的寂寞，雄鸡扯开嗓子填补黎明的寂寞，儿子儿媳和陆续到来的孙子们填补暮年的寂寞……爷爷总是来不及寂寞，就度过了他耕读的一生。于今看来，乡村的那点古老的寂寞，只是上苍自己给自己布置的作业：为时光留些空白，然后，用天籁、天物、人伦、风情去一一填满。

屋梁上那对燕子是我的第一任数学老师、音乐老师和常识老师。我忘不了它们，我至今怀念它们。它们一遍遍教我识数：1234567；它们一遍遍教我识谱：1234567；它们一遍遍告诉我，一星期是七天：1234567。

一个古老村庄消失的前夜

世世代代，村庄给了人们刻骨铭心的乡风、乡俗、乡恋、乡情、乡愁。

一

这个古老村庄就要消失了。

城市像驾着坦克、装甲车的冲锋军团，一路炮声隆隆，烟尘滚滚；一路占山霸水，毁田掠地；一路捣毁村庄，沦陷乡土；一路铲除绿色，铺张水泥。城市，眼看着扑过来了。

古老的村庄没有任何防御体系，要说有什么防御，也就是家家门前菜园用竹子、柴薪、葛藤、牵牛花、丝瓜藤、葫芦蔓搭起的篱笆，这样温柔的"防御体系"，也就挡个鸡呀、鹅呀，甚至连鸡、鹅也是挡不住的，本来也没用心真挡，挡啥呢，不就叼几口绿叶子吗？这些篱笆，这些防御体系，说白了也就是个柔软的装饰，鸟儿们就常常在上面歇息、跳跃，梳理羽毛，叽叽喳喳

"村庄"里装着我们与土地最初的亲近感和我们纯真而温暖的童年记忆。

"古老的村庄"不懂得防御，也不需要防御什么。

说着原野见闻，说着远山近水。从古到今，村庄都有这样的篱笆。"肯与邻翁相对饮，隔篱呼取尽余杯"，唐朝的杜甫也是在这样的篱笆前招待客人，招待诗。

二

王婶、二叔、张爷、春娃他妈……连夜到村头老井挑水，这是最后一次打水了，孩儿最后一次吃母亲的奶，就是这种难分难舍的心情吧，以后，再不会有这样温暖的怀抱，再不会有这样亲切的乳汁了。

井台上，人们心情黯然，都不说话，是的，诀别是伤感的，怎么会有兴高采烈的诀别呢？是的，这是另一种离乡背井。岂止如此，以后，是再没了乡，永失了井啊。

中国人安土重迁，不仅是舍不得乡土，更是离不开长久以来的生活方式。

此时的人们都不说话。往日的井台，是村庄最温情、最有意思的地方。挑水的人们，在井台上相遇，就要停下来，说家长里短，说庄稼天气，顺便说说家里三餐口味和天下局势；年轻后生遇到老年人，就帮忙把井水提上来，后生走远了，走了几十年那么远了，仍感到背上落满老人感激的目光。

这也是乡村和乡亲馈赠给"后世"一生受用的温情与良善。

村庄里，人们的眼神，是这井水给的，清亮

里漾着善良；人们的口音，是这井水给的，柔软里带着清脆。连脾气和心性也是这井水给的，格局不大，但并不局促，底蕴细腻深沉；水波不兴，但清澈如镜，胸襟能容纳天光地气。从村庄里进出的人，血脉里都循环着一股清水，浇灌着深深浅浅的日子。滴水之恩，以涌泉相报，是村庄做人的伦理；厚道和本分，是村庄里对人品的最高评价。其实，你若要分析住在这里和从这里走出去的人们的性情和品德，分析到最后，你会发现，他们的内心深处，都藏着一口清流不断的深井。

每过些年总要淘一次井，淘井，就是给井洗澡沐身，给井底、井壁、井口、井台来一次全面彻底的清理维修。淘井，这是村庄的盛大节日，大人喜悦，孩子欢笑，连村庄的狗受了感染也跟着人们四处撒欢，瞎起哄。淤泥、瓦片捞上来了，云娃妈的发卡、喜娃婆的手镯、李三叔的旱烟锅捞上来了，井台上一阵笑声和惊呼，有人就说：这井可是个好管家啊，贵重的物件、小孩偷偷扔下去的瓦片，它都好好保管着；接着，又捞出清朝的几枚铜钱、民国的几个银元，那是先人挑水时不小心从衣兜里掉下去的，以往淘井没淘到底遗留下来，人们想象那弯腰提水的古人长什

这是世世代代受这深井滋养的村民们的一次聚会和狂欢。

么样子，想象他当时怅然的心情，感叹：这井还是个收藏家，收藏着时间的遗物；井壁上砌着唐朝的砖，宋朝的石头，明朝又加进一些片石，井沿上抹着当代的水泥。啊，这井，浑身上下都是历史，它是一个历史学家，不，它就是历史。老老少少的人们，感到了一种久远、幽深的东西，对井水，对生活，又增加了一份敬意。

今夜，此时，人们挑水，但没人说话。井台上，月光安静均匀地铺着碎银；井里，那轮祖先留下的月亮，笑眯眯地望着天上的另一个自己，但她并不惊讶自己水里的身世，井一直把她抱在怀里养啊养啊，几千年都保持着白净和雍容，她等待着那熟悉的身影，她等待着出水的时刻，她等待着那荡漾着又复静止的感觉。

天真的月亮不知道，今夜，是她最后一次在清水里亮相，是她最后一次和村庄约会，明天，村庄将被机械捣毁，水井将被水泥封死，照了千年的镜子，从此永失；村庄连同村庄收养了千年的月亮，从此永别。

三

绕村而过的小溪，此时还哼着一首古老民谣，她转弯的时候就换个曲儿，换些词儿，这样

（左侧批注）
这井陪伴了世代的村民，也收藏了他们在时光里留下的痕迹。

而今，这收藏过无数村民们遗物的深井，也将成为遗迹，甚至永远消失。

唱了多少年月，村庄的各种心情都有了对应的调儿。小溪有时不声不响，那是它在平缓地段回忆起什么，而此时此刻，单纯的溪水并不知道，溪边的人家忆想起多少往事，并陷入好景不再好梦不长的惆怅伤感之中。

往年往月往日，溪水都一路唱着，从竹林里穿过去，从桃花树下飘过去，从大柳树旁绕过去，她亮晶晶的手里，捧几枚竹叶，带几片桃花，牵几缕柳絮，送给前面戏水的孩子，送给那位洗衣的大嫂，送给村东头爱坐在溪边歇凉的王家大伯。

溪上的小木桥，是一根柳木横放在流水之上，水波儿唤醒了它的灵性，水花儿撩拨着它的春梦，一觉醒来，柳木发了绿芽，一根柳木竟抽出数十根柳条。村庄的孩子，一睁开眼睛打量，就认识了一种躺着也在生长的树，而老去的人们，从一根木头的来生，看到了死与生的意味，对迟早要来的"那一天"有了别样的理解，并因此不再恐惧，而有了些许慰藉。柳木桥，因此成为村庄的一个有趣地名，也成为出门在外的人们心里一缕总在发芽、返青的记忆。

二叔，张妈，小翠……许多人并不相约，各自默默来到溪边，默默地再过一回柳木桥，过去了又过来，在柳木桥上一寸寸走着，生怕几步走完。久久站在桥上，久久地，站在一段柔韧的记忆上，桥下面温情的流水，流走了多少日子，也收藏着太多的倒影。

以后，不，就在明天，这一直围绕村庄歌唱的溪流，她的歌喉将被猛地扼断，歌声怆然而止。一首古歌顿时成为绝响，永远失传；人们生命中的一泓清水，从此断流⋯⋯

这以歌声陪伴着村民们成长，以身躯收藏着村民们的记忆的小溪，也将消失不在⋯⋯

四

大哥悄悄走进屋后的竹林，一个人站了许久，月光从竹叶缝隙洒下来，在他的身上写着一个个"竹"字，在竹子面前写"竹"字，每个字都形全而神真。平时，大哥是喜欢在劳作之余写几笔毛笔字的，这给他辛苦的生活带来了几许乐趣，写字时桌子就放在后门外的竹林边。此时，月光全神贯注地临摹满眼的"竹"字，微风拂叶，竹林里外一片竹影、竹声、竹韵。大哥小时候喜欢吹笛子，最初的几支笛子就是用竹林里的竹子自己仿作的，自产自用，自吹自赏，他在笛声里度过了短笛无腔信口吹的童年。他的情感世界和美感世界，笼罩着竹影、竹韵，竹林构成了他内心里最葱茏的部分。明天，就再没有这片竹

"竹"是象形字，甲骨字形为竹，小篆字形为竹。

林了，今夜，他要和竹子们在一起待一会儿，最后一次陪陪竹林，最后一次感受这竹影、竹声、竹韵，最后一次感受竹的意境。以后，就再没有这竹林了……

<h2 style="text-align:center">五</h2>

小菊记得很清楚，门前三棵桃树，大些的那棵是结婚前就有的，与他谈恋爱的那些日子，他们经常到树下站一会儿，说些热乎乎的话。那个春天，桃花开得正浓，风一吹，满地堆红，就如读中学时语文课本里李贺诗写的那样，"桃花乱落如红雨"，他竟感叹起时光匆忙、青春苦短，学生腔里盛满了激情和伤感……当他们一脸羞红抬起头来，树上的桃花已被一阵大风全部吹落了，桃树的上空，天还像公元前那么蓝，而人世的春天正在疾步走远。他们竟一时无语，恍然了天上一瞬人间千年的幻觉。

那两棵小些的桃树，是嫁过来后他们两个亲手栽的，作为结婚的纪念。后来有孩子了，树看着孩子长大，孩子看着树长高，孩子上学了，一次次与桃树比个子，还把自己的名字和爸妈的名字用裁纸刀刻在三棵树上，刻上去的都是每个人的小名，大的那棵是爸爸树，中等的那棵是妈妈

村庄中的两棵桃树见证了这么多生命经历，收藏了"我们"这么多的记忆，有着"我"和"家人""心灵的寄托"，如今将告别的不止是这两棵桃树，还有生长了世世代代的整个村庄，怎能让人不惋惜。

树，小的那棵是娃娃树，是他的树。一家人的小名儿都在树上，有时，他还把一些神秘的符号画在上面，那符号的含义只有他自己懂得，有的庄重，有的迷乱，那不像是随手画上去玩的，可能有着青春时光的特殊内涵和象征。树带着一家人的名字，带着青春的手迹和秘密往高处长。三棵桃树，成了她家门前的风景，也有着她心灵的寄托。

她靠在树上，每一棵树她都靠一会儿，她是最后一次和心爱的桃树交换体温和心事……

六

白天耕牛已经被卖了，当谈好价钱，牛贩子接过缰绳，牛知道这双陌生的手要把它牵出院坝之外，牵出土地之外，牵出农业之外，牵出青草之外，牛哭了，浑浊的泪眼望着主人，望着老院子。有什么法子呢，牛啊，我也要被城市的铁手牵走啊，再见啦，王老伯看着远去的牛，悄悄哭了。

也是被时代的巨轮拉走的。

鸡栏还在，空空的，十几只鸡，公鸡、母鸡、小鸡，黄昏时都处理了，因为，我无法带着田野的露水和村庄的炊烟进城，我无法牵着一头猪进城，我无法在城市为一声牛哞、为一片蛙歌、为一串鸡鸣申请一个户口，我只能把你们"处理"了。分别前，几只母鸡"咯咯咯"地陆续从麦草窝里跑出来，下了几个蛋，它们不知道这是最后的纪念，是送给我们的最后礼物。几只公鸡准时鸣叫报时，还扇着翅膀伸长脖子想用力叼起下沉的落日。它们不知道，这次报告的，不只是日落的时刻，更是永别的时刻。呀，最后一声田园的鸡叫，最后一次村庄的日落。

夜深了，谁还在村庄老屋前久久徘徊……

只怕在今后的深夜里，村庄老屋都会在"我们"的心里久久徘徊。

扁　　担

人们都知道扁担，是用于挑水、挑货物的。但是，还有一种扁担，严格一些就不能叫扁担，应该叫"尖担"，是过去乡里人挑柴用的。它形状类似扁担，但两头是尖的，所以叫尖担。为什么两头要削尖？那时上山割柴，柴用草绳、棕绳或藤条捆成两捆，两头尖的尖担各扎进一个柴捆，然后翻山越岭地挑回家。有时农民也用尖担挑稻草捆、挑玉米杆捆，等等。几十年前山上还有不少狼和熊，割柴采青的乡亲经常遭遇它们的袭击，这两头尖的尖担就成了防卫的武器。我老家有一个人，姓杨，当时十七八岁，随大人上山割柴，累了，就在柴山上打起盹来，一只小狼啃吃了他的半只耳朵，他感到痛，尖叫着醒来，他的父亲举着尖担急忙跑过来追杀狼，戳在了狼的后胯上，狼逃了，可能没有受大伤，姓杨的小伙子却永远缺了半只耳朵，他现在还活着，已经是70多岁的老人了。

这"尖担"的设计饱含乡里人的生存智慧，作者的描述也显示出了他的乡村生活经验之丰富和他对之的亲近感。

194

我小时候也随父亲上山割过柴，采过青，使用的就是这种尖担。第一次从几十里外的大山把柴挑回家，父亲特意用秤称了重量，是53斤，当时我才满13岁。以后挑回家的柴就增加到60多斤，70多斤，80多斤，在我快满20岁的时候，挑回的柴曾经达到123斤。那时候我很高兴，用今天的话说就是很有"成就感"。那时候人很单纯，我喜欢读书，喜欢劳动，读一本有趣的书，我就快乐得像神仙；挑一担山柴回家，就自豪得像个英雄。那时候用的工具，比如这尖担，是这么朴实单纯，就像厚道淳朴的乡亲。一根憨厚的木头，斧头劈几下，刨子推几下，两头削几下，就憨憨地来到乡亲的肩上，来到我幼稚的肩上。一根木头，一根尖担，最早来到我单薄的肩上，最早认识了我单薄的青春。如它的单纯一样，那时我的快乐和忧伤也是那样单纯。

我还记得，我肩上的第一层茧是尖担磨下的，当时有些痛，还骂过尖担。想不到，它送给我的这早年的礼物，一直保留到现在，此刻我放下笔，将两只手放在肩上，同时摸到了左右两肩，那稍觉厚硬，稍觉疼痛的地方，就是茧，就是尖担送给我的纪念。

"父亲""特意"为"儿子"证明这颇有"成就感"的事实，看似小事，却饱含父爱。

这"淳朴"和"单纯"是简单而辛苦的乡村生活给人最宝贵的馈赠。

这是乡村生活在"我"身上留下的宝贵印记，它在"我"的心田里种下了什么呢？

作者对这数目和时间记得如此清楚，可见那段乡村岁月给作者留下的印象之深，亦可见作者对之喜爱之深，更可见作者此刻的乡愁之深。

我用过大约五六根尖担，最后一次用尖担上山割柴是 1978 年 2 月，刚立春不久，我已收到大学入学通知书，那是大学停止招生长达十年之久后的第一次高考招生，我毕业的那个中学只有我一人考上大学。欣喜是难免的，但我没有忘记我的老朋友——我的尖担，我自小爱读书，爱劳动，爱那憨厚的尖担。虽然割柴、采青的重量压在肩上并不轻松，甚至很累，但我喜欢那种感觉：柴的忧郁，有点像中药的味道；草的碧绿，扑面而来的全是山野的清香。有时候挑着柴担走在山路上，竟有两只鸟歇在柴捆上啄理翅膀，扑腾着陪我一程。蝴蝶、蜜蜂、蜻蜓也常常是我不期而遇的朋友，它们追着我的柴担、草担飞行，好像我是就要远行的春天，或者，它们以为是我挑走了山里的一部分春天。有时，我也学着乡亲们，在山顶上或山峡里吼一些很野很野的调子，唱几支很老很老的山歌，就听见山鸣谷应，群山互答，百鸟联唱。那时，真有一种"万物皆备于我"的宽广、亲切、伟大的感觉，真想从内心里向人世、向大自然致意：人活着真好啊，活在劳动中真好啊，活在天地间真好啊。所以我在上大学的前几天，特意扛着尖担上山割柴，我想好好看看那些亲爱的山，亲爱的水，亲爱的树木，亲爱的花草，亲爱的白云，亲爱的鸟儿。我想与我的老朋友，我亲爱的尖担，在一起多待些时候，再挑回两肩白云，再挑回一担山色，深深地珍藏在记忆里。

遗憾的是从那以后，我就再没有割过柴，采过青了，也就再没有用过尖担。于今想来，考上大学的那一天，我也就开始疏远土地、疏远劳动、疏远大自然，疏远了人的生命里最珍贵、最深切的感受：与万物肌肤相亲、血脉相连。

我真想再见到当年用过的尖担，把它紧紧抱在怀里，说一声：老朋友，我想念你。然后仔细凝视它沧桑的面容，从它的皱纹里，找到我肩膀的印痕：贴近鼻子，会嗅到它木质的微香气息，会嗅到它收藏的山野的气息、柴的气息、草的气息，一个少年单纯的汗的气息。

"放下尖担，就打卖柴的"，是我故乡的一句俗语，告诫人不要忘了根，丢了人的本分。我想我虽然放下了那根木头的尖担，但肩膀上从来就扛着别的尖担，挑着有限的一点知识，挑着不大的一点本事，有时也挑一点责任，也挑一点道义，也难免挑一些麻烦和遗憾，在看不见的地方磨下硬茧硌下伤痕。试看茫茫人海，在世界的大街上，谁的肩上不扛着一根或若干根隐形的尖

那是青春的味道，是故乡的味道。回不去的青春，回不去的乡村，只能化成心中浓浓的乡愁。

担，挑着一担岁月，挑着一些苦乐，挑着一点欲望，去经营自己？不容易啊，日月星辰不容易，虫虫鸟鸟不容易，男男女女、老老少少都不容易。我既没有放下尖担，就更不会去"打卖柴的"了，因为，那实在是自己打自己。

想 念 小 村

小村很小，一二十户人家，地名听起来也很小。这小小的地名需轻轻地、抿着嘴叫，才能叫出那小小的味道、小小的意境、小小的风情。如果你大张着嘴吼叫，会吓坏了她，会惊了她的魂儿。不信，你试着大声吼一句：孙家湾！看是不是没有了孙家湾的味儿？孙家湾飘着淡淡的野花香味儿。孙家湾像一个新婚的小媳妇，青涩、害羞、爱笑，朦胧中透出刚刚知晓什么秘密后的不好意思，还流露出一点隐隐约约的风流。

你肯定不能大声吼叫孙家湾，只能轻轻地、软软地喊她。

李家营、张家寨、汪家梁、富家坝、杨家坪、袁家庄、吴家沟、王家坎……她们都是孙家湾的姊妹。她们都是很小很小的小村。

一只公鸡把早霞衔上家家户户的窗口。

一群公鸡把太阳哄抬到高高的天上。

一只猫捉尽了小村可疑的阴影。

想必当是地如其名，那味道、意境和风情需要你去轻软地呵护。

"小村"里的动物与天地和人们和谐共处着。

一只狗的尾巴拍打着小村每一条裤腿上的疲倦和灰尘。

一条小路送走远行的背影，接回归来的足音。

一座柳木桥连接起小河两岸的方言和风俗，彼岸不远，抬脚即达。

一头及时下地的黄牛，认识田野的每一苗青草，熟悉小村每一块地的墒情。

一架公道正派的风车，分辨着人心的虚实和小村的收成，吹走了秕谷，留下了真金。不管外面刮什么风，这古老的风车，她怀古，她念旧，她一年四季只刮温柔的春风。

"小村"里的这份烟火气，热闹、温暖、和善，怎能让人不想念！

一缕炊烟从屋顶扯着懒腰慢慢升起，与另一缕炊烟牵手，渐渐地与好几缕炊烟牵绕在一起，合成一缕更大的炊烟，淡淡缓缓地，又热热闹闹地，向天上飘去，结伴儿要到天上去走一回亲戚。

一架高高的秋千，把小村的笑声荡向云端、荡向天河，只差一点，就把天上想家的织女接回来了，可惜就差那一点。于是小村的秋千越荡越高，越荡越高，荡了一年又一年。

一棵老皂角树，搓洗着世代的衣裳，小村的布衣青衫，总是那么朴素洁净、合身得体，一年四季都飘着皂角的清香。即使走在远方的街头，闻一闻衣香，就能找到你的老乡。

一弯明月是小村的印章，盖在家家户户的窗口上，盖在老老少少的心口上，有时就盖在大槐树上和稻草垛上，盖在孩子们的课本上。

"月是故乡明"，可是"小村"这一故乡却回不去了，只有将故乡的月想象成"印章"，永远地印在心上。

小学放学的学娃子，边踢石子边背诵"两个黄鹂鸣翠柳"，小村的树上就歇满了唐朝的诗句，家家户户就记住了一位姓杜的诗人。

那口水井，滋润着小村的性情、口音和眼神：淡淡的、绵绵的、清清的……

小村很小。小村的世面不大，小村心地单纯，心事简单，话题也简单。小村没有大起大落，没有大悲大喜，习惯了平平静静过日子，小村的夜晚没有噩梦。

离开"小村"后的日子是怎样的呢？

小村很小。小村的心肠软，人情厚，张家娃感冒了，折几苗李家院子里的柴胡散寒祛风；黄二婶炖鸡汤，采一捧邻居菜园的花椒提味增鲜；老孙家的丝瓜蔓憨乎乎地翻过院墙，悄悄给我家送来几个丝瓜；我家的冬瓜藤比初恋的后生还要缠绵多情，绕来绕去非要绕进老孙的地里，于是，几个比枕头还大的冬瓜蹲在那里，傻瓜一样守着，不走了。

小村很小。小村的脾气好，性子慢，庄稼不

慌不忙地长着，孩子不慌不忙地玩着，大人不慌不忙地忙着，老人不慌不忙地老着，溪水不慌不忙地哼着祖传的民谣，燕子不慌不忙背着一部远年的家训。除了急躁的闪电和偶尔发脾气的阵雨，多数时候，小村是慢悠悠的——羊儿是慢悠悠吃草的，夕阳是慢悠悠落山的，山湾的那汪清泉，也是慢悠悠说着地底的见闻的。

小村很小。小村的胸襟并不小。小村的天空很大。天，是小村的哲学老师和伦理学教授，把深奥的道理讲得通俗透彻。小村有句口头禅：老天爷在上，把啥都看着呢。小村早就明白：在天下面，谁都是小小的，神仙是小小的，皇帝是小小的，村长是小小的，人啊鸟啊猫啊狗啊蚂蚁啊都是小小的，谁都没有什么了不起。小村没有势利眼，小村没有奴性，小村不崇拜什么官啊长啊，小村只尊敬君子，君子是大人，君子是懂得天道人心的人，是有情有义的人。因此，厚道和本分，是小村对人品的最高评价；善良和仁义，是小村的身份证和墓志铭。小村虽小，小村不出产小人，小村最看重良心。

小村的鸟不卑不亢地飞着，小村的狗不卑不亢地叫着，小村的河不卑不亢地流着，小村的云不卑不亢地飘着。

乡村里遵循的是大自然的生命作息，"小村"里的万事万物不必被"朝九晚五""分秒必争"的时间观念所"绑架"。

"老天爷"教给"小村"人敬畏感。

如此纯良、温润、平和的"小村"怎能不让人想念！

小村夜晚星星很多，密密匝匝像熟透的葡萄。老人逗孩子们说："那么多葡萄，祖祖辈辈也吃不完一小串。"

　　"嚓"——几粒流星划过小村头顶。

　　孩子们说："天上的孩子也在吃葡萄。"

谢 家 桥

在离我们村不到半里路的田野里，有一个地方，叫谢家桥。桥，只是一个小石桥，两块长条方石，搭在溪沟上，长不足一米，一步就可走过。从田野里弯弯绕绕流过的无名溪水和这片无名田野，因为有了这小小石桥，也都有了姓名：谢家桥。

小时候，谢家桥是我们经常去的地方。家里谁头痛发烧了，大人就喊我们：娃们，去吧，到谢家桥溪沟边采些灯芯草、麦冬，熬点汤药喝；放学了，我和小伙伴就到谢家桥的田埂采猪草，也在溪流里玩放纸船的游戏。

三四月里，谢家桥一带的数百亩油菜花开了，金黄的一大片，看不到边。那是我们小时候看见的很大的金色海洋，我们钻进钻出，在海里捉迷藏，蜜蜂满身披黄，我们也满身披黄，只是我们不会酿蜜，我们酿造单纯的快乐。

逢年过节，是拜年访亲的时候，我们到谢家

桥迎接上门的亲戚，亲戚们离开时，我们随大人送行，也是送到谢家桥。常言说，送客送到村口上，送客送到大路上，送客送到桥头上，才算合礼数，有情义。那时心里就想，要是没这个谢家桥，那我们送亲戚该送到哪里才合适呢？送到村头，我们家本来就在村头，那等于没送；送到大路上，那时乡间的路都是小路，公路离我们村有三四里路远，再说亲戚又住在与公路相反的地方。多亏了这小小的谢家桥，不说别的，就说迎客送客，也让我们有了一个温暖的地点，一个有情有礼的地点。

谢家桥，原本既不是一个村庄的名字，也不是一片田野的名字，只是一座小小石桥的名字。在广袤原野上，为一个一步即可走过的小桥起一个名字，而且这一叫就叫了几百年。这中间有什么原因吗？

后来我才知道，离那个小小石桥不远的那户人家，姓谢，祖上是旧时乡间秀才，酷爱读经吟诗，还开办私塾，收徒传道，虽非大户望族，却肯济世助人，行善无数，在方圆数十里的村野溪壑，修大小石桥、木桥数十座，方便众人，从不留名刻姓。百姓为了感念谢家恩德，就将他家附近这座原本无名的小小石桥，叫作"谢家桥"。

这"谢"字真是一语双关，既是"姓谢"之"谢，"又是"感谢"之谢。

这一叫，就叫了数百年，把这条溪流叫成了谢家桥，把这片原野叫成了谢家桥，甚至把天上的月亮也叫成了谢家桥的月亮，记得那时过中秋节，我们在村口看月亮，月亮升到谢家桥一带的原野正中，大人小孩儿们就望着月亮说：快看，谢家桥的月亮好圆，谢家桥的月亮好亮。

谢家一直单家独户住在谢家桥附近的原野。我上中学时天天从谢家桥路过，每一次路过，就要望一眼那座朴素安静的房子，青瓦，白墙，房前屋后栽着椿树、榆树、柳树，山墙旁一丛青翠的竹子，于微风里静静摇曳，摇出了一种田园幽思。偶尔有狗叫，也似乎比别的狗叫声温和，却从未见到那狗是黑是白。春日，菜园里，篱笆前，绿树间，杏花、桃花、李花，一起开了，红白掩映于青绿中，让人眼睛一亮，心境缤纷。

可是，我却从没有走到谢家屋的门前或房檐下，去仔细看看。他们家的人，我也没有正面看见过，只隐约见过他们走在屋后田野小路上的背影。

后来，我见过谢家的一位大姑娘，高挑个儿，苗条端庄，留着两条齐腰的长辫子。走路步子轻轻的，像有一股微风在暗暗吹送着似的。我见到她不久，她就出嫁了。

谢家的犬吠声在作者看来都"显得温和"，可见谢家人之淳厚，亦可见作者对谢家人的印象之好。

前些年，我回老家，谢家早已搬走了。那座房子也不见了。

那条溪流早没了，桥也没了。

我问村里的年轻人：谢家桥那家人搬哪里去了？

年轻人问：哪里是谢家桥？我们这里没有谢家桥。

谢家桥，谢家桥，世上从此再没有这个地方了吗？

可是，我心里有个谢家桥。

我还记得那清清溪流，那小小石桥，我还记得谢家那位姑娘，她的名字叫：谢云仙。

我们正处于所谓高速发展的时代，随着城市化进程的加快，我们的故乡也正在经历日新月异。不禁让人感叹：故乡是永远回不去的地方，乡愁里面藏着穿山越海的爱！

城 市 鸡 鸣

住在城里，好久没有听到鸡叫了，大概有二十多年了吧。在乡下路过或采风时，听见过几次，但匆忙来去，那鸡叫声也就零星、破碎，如同流行的手机浏览和碎片化阅读，东一句，西一字，还没看清题目是啥，更远未触及心魂，就刷完了许多页面，心里却依然空荡荡的，而且似乎比以前更空荡荡了。

而最近，我似乎听见完整的一声声鸡叫了。鸡叫声音来自小区外面的街上。我默默感激着也羡慕着哪一户有自家院落的人家，他散养着一群鸡，也为我们养了一声声天籁清唱，养了内心里的一点乡愁和温情。

我家住八楼，那声音是从低处向高处飘的，市声混杂着各种声响，但由于鸡叫声既有日常的亲切，又有着热烈的个性，所以我听得很清楚。尤其是那雄鸡的叫声，如一个满怀激情的黎明歌手和纯真的大自然的抒情诗人，它对阳光的赞美

在《一个古老村庄消失的前夜》中，作者写自己即将离开乡村时曾讲到，"鸡栏还在，空空的，十几只鸡，公鸡、母鸡、小鸡，黄昏时都处理了，因为，我无法带着田野的露水和村庄的炊烟进城，我无法牵着一头猪进城，我无法在城市为一声牛哞、为一片蛙歌为一串鸡鸣申请一个户口，我只能把你们'处理'了。"二十多年过去了，这份"乡愁和温情"在作者心里早已至纯至烈。

是如此激情洋溢，它对混沌时光的大胆分段是如此富于创造性，虽是一厢情愿，却暗合了天道人心的节奏：黎明，日出，晌午，黄昏，子时，午时，寅时，卯时……它从不失信误时，在准确报时的同时，还向人间朗诵了一首首充满古典意境的好诗——雄鸡既是现实主义者，也是浪漫主义者，既有务实精神，又有超越情怀。我听着鸡鸣的声音，对照我自己，觉得惭愧得很，我要么过于拘泥现实，要么过于凌空蹈虚，无论为文或做人，都远未到达虚实相生的意境。那么，虚的灵境与实的意象，出世的精神与入世的作为，应该怎样结合？听着一声声鸡鸣，心里想着自己仍需潜心修行，先贤虽逝，但榜样不远，榜样就在小区附近——就是那忠实地为人间报时，为天地服役，为众生抒情的一只只雄鸡。就这样，每天听着久违了的鸡鸣声，我那一直很寂寞、也难免有些抑郁的耳朵，竟因此有了幸福感，我终于听见了童年的声音，听见了故乡的声音，听见了大自然的声音，听见了唐朝、宋朝的声音，听见了公元前孔夫子听过的声音。

这大自然的信使是引领我们"潜心修行"的老师。

　　听久了，我还听出，那鸡鸣声总是在不停变着调子和嗓音，每天都不一样，甚至过一时段都有变化。前天听着很抒情的声音不见了，昨天突一语双关，幽默而又沉重。

然换了个调子，显得生涩、有些沉闷，而今天又换了嗓门，似乎欲言又止，还带着忧伤——我们的抒情诗人，在世事快速变化、场景匆忙切换的年代里，难以形成自己稳定的抒情风格和个性化语言，才如此急切地变换着言说方式，发出慌乱凄惶、极不沉稳的声音吗？

昨天下午上班时，我绕到小区外面的街上，想看一看鸡鸣声的出处，想看望一下我们的抒情诗人——它唤醒了我的乡愁和童年记忆，我应该去看看它们，顺便了解它们不停变换调子和嗓音的真实原因。

突然的"转折"，使之前的"诗意"荡然无存，留下的只有无限的唏嘘感慨。

走着走着，我没有找到想象中宽大的绿草茵茵的院落，我没有找到诗，也没有见到诗人，却走到了一个生鸡屠宰场，在各种刀子和开水桶旁边，关押着一只只鸡，仔鸡、母鸡、雄鸡，在铁笼里拥挤着、颤抖着。

我默默看了一眼那些垂头丧气、灰头土脸的鸡们，心想：那黎明的抒情、黄昏的咏叹和午夜的诉说，就是从它们中发出的。

然而，它们无法从容言说，无法跟随宇宙的时序和万物生长的节令，去深情地唱一首完整的生命之歌。有的刚刚还在欢呼日出，就被迫终止了歌唱；有的正在朗诵挽留落日的诗篇，只朗诵了一半，就被一刀封喉，与落日一起突然失踪。

原来，我是听错了，不是歌手在频繁变调和改换嗓门，而是死神在不停点杀歌手——在死亡流水线上次第走过的歌手们，只能留下匆忙的绝唱。

我这才觉出了自己的幼稚和可笑，在商业的城堡里，却幻想着田园的牧歌；把一群羁押在市场铁笼里的、已经标好价钱的死囚，想象成大自然的抒情诗人。如此南辕北辙的诗意妄想，比起那位总是在幻觉中与风车作战的堂吉诃德先生，真是有过之而无不及，我啊，可笑甚矣！

城市的履历表里，没有土地的籍贯，没有自然的消息，没有生长的年轮，没有生灵的户口，没有天籁的内容，只有消费的记载，只有买卖的账目，只有屠宰的程序，只有利润的涨幅；市场的网页上，没有诗，没有露水，没有古老而清新的歌唱为荒芜的时光标示出生动的段落，只有消费和消费的竞赛，只有购买力的排序和攀比；现代的天空下，只有欲望的气球飘升，只有楼市、车市、股市的攀升，只有消费的风帆不分昼夜地飞升，不会有心灵的太阳在诗意的地平线上冉冉升起，因此，城市，没有抒情的鸟儿，没有歌唱的雄鸡，没有真正的日出。

城市、商品、利益等所谓"现代文明"正在逼退我们的乡村、性灵和诗意！怎能不悲凉！

我不无悲凉，而且十分荒凉地忽然明白：我所听到的鸡鸣声，绝非抒情诗人的深情朗诵，而是大自然留下的最后的几声苍凉遗言⋯⋯

第六单元　时光的收藏

　　我停下来。我坐在厚厚青苔上，抬起头来。我从《诗经》的第一缕草色开始读起，一直读到幽谷的深处和时光的远处，一直读到越来越深蓝的无边苍穹。啊，此刻，流逝的时光全部返回，并迅速返青。于是，凋零的诗复活了。我极目望过去，望过去。我看见，满目都是诗，都是青青的思念……

　　一代代的人们喝过这井水，走过这小巷，有人还边走边敲着两边院墙的砖石，或伸起手摘一朵斜倚墙头的桃花。落日，将他薄薄的影子，恍惚贴在墙壁，一转眼，就不见了……

　　空间只临时保管我们的肉体，时间却保存我们的灵魂。时间使我们拥有无限延展的精神生命，一个精神富有的人不只占有活着的这一小段时间，他通过阅读和信仰，通过智性沉思和审美沉浸，通过心灵漫游和精神创造，他通过这种种内在的灵性生活，将无穷的时间纳入他的生命时空和内在体验之中，他和已经死去的先人们一同经历了无数次死亡，他和尚未出生的后来的人们一同经历了无数次诞生，他的内心是一片古今共存、生死共舞的无涯际的梦幻汪洋。他生命体验的密度、广度、深度和强度因此而无限地增加了。

时光的收藏

榆 木 书 桌

看得出来，它上面还有斑斑点点的残漆。数百年前，我的先人曾仔细为它上漆、打蜡。一方柔和的亮光，使这户耕读人家，能随时拂去劳作的倦意，伏案捕捉内心的光线；那幽幽木香，让平淡的日常生活，缭绕着别样的气息。

后来，漆渐渐磨损、脱落，固执的时光之蝉，终于挣脱蝉衣，鸣叫着向远处飞去，在逐渐黯淡下来的记忆的房间，它笃定地站着，依旧保持着儒雅的姿势。它平淡的容颜，呈现着素朴的木质，也折射着我先人本色的品行。

我的祖父曾伏在它的上面，我的祖父的祖父也曾伏在它上面，我的先人们一直伏在它的上面，读易读史，诵经诵诗，画春画秋，记人记事，写情写义。当时，画眉在田野点染春泥，燕子在梁上朗诵农谚，线装的《孔子》《孟子》偶

老家具就像老朋友，与人在长期的朝夕相处中互通灵气，会保存着彼此的回忆，也会折射出人的品行。

214

尔出现残页，于是在桌上被仔细装订，鸟儿们远远近近地插嘴，也在旁注着古奥的文字。于是那湿润的呢喃，也被装订在书页里了，古意夹着新意，经声和着鸟声，书香叠着稻香，耕读的日子就有了日上三竿的欢喜。

有时，疾病和悲苦随秋雨袭来；有时，离散和夭折，兵戈和马蹄，冷不防打断严谨的农历，那桌上摊开的祖传方子，就及时做些加减。不大的桌面，望闻问切着广袤民间的病苦，有的减轻了，有的治愈了，而有些暗疾，则像腐殖土一样沉淀下来，催生了只可意会不可言传的秘方和偏方，那是特有的民间异禀和草根智慧。<u>谁能从桌上细密的纹理中，取出几百年前疾病的叹息和药草的气息？</u>

此时，我在桌面靠右的一角，看见了一个小小的虫孔，那是一只什么虫儿打凿的工程？蚂蚁？木蜂？钻木虫？装死虫？很可能是装死虫吧。我愿意它就是一只装死虫。那时，榆树还生长在明朝的原野上，几个贪玩的孩子轮番爬上榆树，其中有一个就是我的祖先，他爬上来了，坐在枝杈高处，手搭凉棚，眺望村庄的春天，眺望远山的青黛，顺便打量炊烟和人生的去向。就在这时，离他不远的一只虫儿也坐在树的肩膀上眺

这些痕迹、气息都是这老榆木书桌用心为"我们"保留的时光之收藏。

望和打量，眺望葱茏的宇宙，打量榆树的味道。虫儿发现了他，一阵颤栗抽搐之后，它立即假装死过去了。就这样，虫儿躲开了一个顽童，也躲开了可能的伤害，我们可以理解是虫儿礼让了他，礼让高大的"神灵"占据更多的树木和更多的宇宙。但他没有看见这谦卑礼貌的虫儿，他只看见树身上一条静止的暗黑色疤痕。虫儿的机智死亡，使数百年前的那个下午变得异常安静和仁慈，附近庙里的钟声连着响了六下，报告慈航普度，众生平安。

而当我的祖先和他的小伙伴们呼喊着溜下榆树时，装死的虫儿立即复活了，它继续它的神圣工程，连续七天七夜，它凿啊钻啊，它吃住都在这庄严的工地，它一定要为自己短暂辛苦的一生，打凿一条连接永恒的通道，它一定要用隐秘的艺术手法，记载自己的梦境和心迹。

它以天真的智慧和精细的工艺，终于开凿了一个曲曲折折的时空隧道。数百年前它的那次冒险经历，它与孩子们相遇的故事，原野的阳光、鸟声、草木香气和附近庙里的经声、钟声，庄稼地里男人们对唱秧歌的粗犷声音，铁匠铺里叮叮当当锻打农具的声音，老牛寻找牛崽的哞哞声，鸡鸣狗叫的声音，集市传来的叫卖的声音，村口

最微小、最柔软的生命的"礼让"成就了那个"异常安静和仁慈"的下午的无限诗意，而榆木书桌将这份数百年前的诗意默默地记录下来了。

母亲们高一声低一声喊孩子回家吃饭的声音，以及缭绕在树上的我的祖先的衣服和身体的气息……他们用力爬树而留在树上的手指印痕，他们坐在树杈上哇啦啦对着远方呼喊的声音——细心的虫儿把这一切都收藏在它开凿的时空隧道里——

此时此刻，我悚然一惊，终于知道，我伏在这古老书桌上，其实一直守在这个洞口，一直在眺望深不可测的时光……

这"古老书桌"是时光的收藏，也带着我们展开与先人时空的对话。

车　前　草

"停下来，别走那么快。"她伸出羞怯的小手，拦在接踵而来的车轮前，轻声劝说着。

她纯真的手势，固执地比划着，而鲁莽的车轮，被更鲁莽的历史驱赶着，它顾不得留意路上的细节，它不在乎也不理解那手势比划着怎样的深情，怎样的苦情。

它们呼啦啦碾过去了。冰凉的车轮"磕腾"了一下，又"磕腾"了一下，它们在连续的"磕腾"声中头也不回地驶远了。

时光冷漠的轮子，碾碎了多少温柔的心。

她受伤的小手，流着碧绿的血液，夕阳久久地在天边低垂，久久地不肯落下去，历史的原野

这句话在本文中出现了四次，品读下去，思考作者每次写到这句话所表达的情思。

"她"的"深情"和"苦情"似乎并没有得到理解。

上，闪烁着苍凉的暮色。

漠然的车轮，一次次被染上淡紫的血色，春天的血液，一直流到夏天和秋天。

直到深冬，大地僵冻，老练的物种们纷纷归隐或沉沉冬眠，知趣的花草们也随北风遁去，而在生活和历史必经的路上，车前草，依然身着夏天的衣衫，缄默地守在道旁，等待着路过的各种车轮，要对它们说点什么。

天真的小手，仍然像春天和夏天那样举着，打着固执的手势。

她们举起的手，有时就密集地攒在一起，纠结着挡在车轮前。

"停下来，别走那么快。"她一遍遍重复着这句箴言，尽管所有年代的流行词典都拒绝收入这句箴言。

她一遍遍重复的话语和固执得近于纠缠的温柔羁绊，终于使一些车轮，犹豫着、思忖着，不得不慢了下来。

战车慢了下来，死亡和不幸慢了下来，箭矢和刀斧的锋芒，因了那泪水的浸染，而显得稍稍迟疑和暗淡；拦截战争和阻止死亡的，竟是如此柔弱的一群车前草。这堪称英勇的羁绊，使历史打了一个个趔趄，被迫减速，于是战车慢了下

纵使"时光冷漠的轮子"并不理解"她"，但她依然要固执地"缄默地守在路边道旁"，"她"要说的是什么呢？

来，甚至停了下来，死神的一部分日程被取消，线装的史书里，终于出现了安宁的段落和平静的炊烟。

刑车慢了下来，暴戾慢了下来，历史暗夜里的雷霆慢了下来，死亡慢了下来。嵇康终于有那么一小段时间，得以复习一遍心爱的广陵散，让金石之声在失传之前，再发一次金石之声。金圣叹也还来得及在落日未落之前的一小会儿，在心爱的唐诗里，再站立一小会儿，让杜甫的落日，再照耀他一小会儿。

婚车慢了下来，生活慢了下来，青春走失的速度慢了下来。那么多母亲的手，簇拥在路上，簇拥在时光的车轮前，新婚的步履总是踟蹰不前，女儿们伤感的眼泪，打湿了故园的芳草。当她们一步三回头，看见村头的小河，也一步三回头，绕来绕去走不出祖母的臂弯。拦不住，一代代青春终于都远嫁异乡，而一步三回头，却成了一代代女子们远行的仪式和走路的习惯。

官车慢了下来，杜牧慢了下来，刘禹锡慢了下来，柳宗元慢了下来，苏东坡慢了下来，辛弃疾慢了下来，他们索性从公文里一步跳下来，离开官道，背过王朝，转过身，沿着露水盈盈的小路，朝鸡鸣狗叫的村庄和田野走去。走在草香和

嵇康（224—263），三国时期曹魏思想家、音乐家、文学家。

金圣叹（1608—1661），明末清初苏州吴县人，著名的文学家、文学批评家。

药香弥漫的阡陌，他们发现了广袤的民间，那是多么沉寂又多么深沉、多么热闹的民间。于是，更多的诗、更多的风情被发现了，古国的诗卷里，终于有了一抹来自草野的葱翠和清香。

"停下来，别走那么快。"她伸出嫩绿的小手，打着固执的手势，劝说着所有年代的车轮，她要挽留时光那一闪而过的鲁莽背影。

……

今天下午，我骑着老式自行车，绕开高速公路和高速铁路的纠缠，逃出钢铁的围困和噪音的轰击，我背对时代，与现代发生了激烈的争吵和摩擦，然后，我好不容易摆脱了手机的跟踪和电子的追捕。终于，在时代的远郊，我失踪于深山更深处的幽谷里。

我看见她了，一丛丛、一簇簇，安静地守在石头旁，守在野径上，守在林子里，守在还没有被植物学归类的野草旁，守在还没有被营销学算计的山泉边，守在还没有被成功学绑架的白云边，守在还没有被厚黑学觊觎的清风里。她还守在纯真的古代。

她嫩绿、羞涩的小手，还保持着公元前的手势，她的手里，还小心捧着《诗经》里的露水。

"停下来，别走那么快。"我听见她一字一句

多年未见，再次见面，"她"却丝毫未变！这是多么令人感动的一刻！

对我说着。我的自行车也听见了，那沾满了泥土的车轮，斜斜地靠在一棵野枣树上，它谦恭地倾听着鸟儿的古语和草木的叮咛，它想就停在这里不走了；被我汗湿的手攥得疲惫的车把手，终于放松了下来，轻轻地触摸着那草叶，辨认那葱绿的手语。我太熟悉这一对车把手的心思了，它一定很想融化在这山色鸟声里，变成一块安静的远古矿石。

我停下来。我坐在厚厚青苔上，抬起头来。我从《诗经》的第一缕草色开始读起，一直读到幽谷的深处和时光的远处，一直读到越来越深蓝的无边苍穹。啊，此刻，流逝的时光全部返回，并迅速返青。于是，凋零的诗复活了。我极目望过去，望过去。我看见，满目都是诗，都是青青的思念……

灰　　尘

灰尘时刻在降落，我们时刻都在打扫灰尘。

我们在灰尘里生活，灰尘构成我们日常的生存环境。打扫灰尘也是我们生活的基本细节。打扫灰尘的时候（或是轻轻地拍拂身上的灰尘，比如国王和王后），是我们最认真、最虔诚的时候，我们怀着对衣服对自己身体的爱护和敬意，斥责和拒绝灰尘。拍打灰尘的手势和姿势，全人类是一致的，因为灰尘是一致的。没有一种信仰和法律能规范人类的手势、姿势和心态，灰尘做到了，所以灰尘是一种力量和权威，甚至超过了上帝和帝王。此刻是下午 5 时 35 分，就在此刻，在我们这颗星球上，有多少扬起的手、高举的扫帚、移动的吸尘器、抖动的抹布在清扫灰尘，呈现出或粗暴或温和或难看或优雅的姿势，这情景浩大而且动人。拍打和清扫灰尘，是我们生活中的一个仪式。

我的窗前又铺了一层厚厚的灰尘。它们的身

不曾想到，"灰尘"竟有如此崇高的地位。我们真的忽略了很多生活中细小的神圣时刻。

世复杂而神秘。考察它们的来龙去脉几乎是不可能的，与考察恐龙的诞生和死灭一样艰难。但还是能捕捉一些蛛丝马迹——

几百米之外的一座水泥厂无疑是这些灰尘的来源之一，那隐约可见的巨型烟囱仍在喷云吐雾，一阵微风就将那些工业颗粒吹到我的窗前，有一小部分已进入我的肺叶；大街、小巷、公路上的车辆和人们匆匆行走的脚步，将多少尘埃扬起来，与空中的雾霾连成一片，沿着隐秘的气流的方向旋舞着、缭绕着慢慢降落下来，很快均匀分配开去；一个姑娘的连衣裙随着她的急转身飞快地摆动了一下，正好触到了路面上的痰迹和一张旧报纸，一阵旋风抓住了这个瞬间大作文章，病菌和灰尘趁势上了天，<u>旅行一圈然后款款降落——我的窗台和地面，无可奈何地、恭敬地陆续接待了这类贵客。</u>路边捉迷藏的孩子们跑得很欢，尘埃也跑得很欢，一辆飞速行驶的车撞过来，好险，没有撞着孩子们，只是擦了一角衣襟，却撞倒了一辆装满蜂窝煤的三轮车，拉车的老人一声声长长的叹息和吆喝，混合着飞扬的煤的黑色粉尘一起向空中、向四周播撒，向我的生活里播撒。大街转弯的地方，一粒烟蒂仍冒着烟，继续着谁的呼吸，努力释放着最后的尼古丁

我们这些现代都市人的生活环境是多么的"复杂而神秘"，越读越令人心惊！

和二氧化碳，而那个吸烟的人早已不知去向，一段历史早已不知去向，摩托飞过来，一对男女和他们的爱情飞过来，正好与这粒冒烟的往事遭遇，往事灰飞烟灭，而情欲仍在奔跑，大街仍在奔跑，尘埃仍在奔跑。

就这样，我的窗前落满了灰尘。

此时，遥远的某个地方正在进行秘密的核试验，一些更加精致的尘粒纷纷逃入大气层，我抓一把窗前的空气，觉得有些烫手，我对地上的灰尘和我衣服上的、窗帘上的灰尘有点害怕了，它们也许是核武器的灰烬？也就在此时，据天文学家说，一颗几十年才回归一次的彗星正缓缓地靠近地球，要擦过我们的屋顶，它将把多少太空尘埃赠给我们？在宇宙的深处，在太阳系的远方，一颗超新星正在爆炸，一个新星系正在形成，一些无家可归的陨石正在横冲直撞……宇宙是一个繁忙的工地，一个恐怖的事故现场，它有着无穷无尽的秘密和无穷无尽的灰尘。

此时，我从宇宙深处收回目光，我忽然看见了三百米之外那座火葬场的烟囱，它静静地把一些灵魂送上天空……一缕轻烟与一片云彩擦身而过，渐渐地也变成了云，变成一些缥缈的灰尘。

多少生存的往事和宇宙的往事，化成这些灰尘。

我不敢打扫这些灰尘……

"灰尘"也是宇宙间"时光的收藏"，它时刻提醒着我们，我们的生存环境已经变得多么神秘、复杂甚至可怕！

水　井　巷

多年前，在汉中城里，我与一位长者同路逛街，走了几条大街。长者说：你们年轻人，别老是走那街道宽敞、人多热闹的地方，也走一走那些背街小巷，尤其那老街古巷，再不走，过几年，也许过不了几天，那街巷就没了。走，现在我就领你走一条古巷。

古巷叫水井巷，巷口也没有地址门牌，从巷口到巷尾，也就不到二百米吧，缓缓转几个弯，就出来了，到了另一条街。

巷子两边有一排陈旧民居，有的古朴，有的显得破败，多数空着，住着人的几户，也大都是老人，我们没进屋打扰人家，但看门口放着旧的竹木躺椅，屋外面晾晒着的衣服样式，就知道主人都上了年岁。

一路走着，长者没说话，我也没找话说，只是静静走。奇怪，一走进这巷子，那善于言谈的长者，以及我这个并不总是沉默的人，却不约而

（年轻）人们搬去哪里住了呢？

226

同地都沉默、安静下来了。

我觉得，这巷子有一种气场，有一种让人安静下来的说不出来的力量。

从那以后，每过一段，过一月或半月，我总要走一走水井巷，最勤的时候，过不了三两天就走一次。遇到心烦意乱的时候，我每天绕好远路，也要绕进那巷子，一个人慢慢走一阵，心就安静一些了。

水井巷，是过去居民取水的地方，曾经肯定是有一口古井的。我向巷子里的老者打听，水井原址在哪？何时有这个水井巷？都不知道，只说，从古到今都叫水井巷。

回答的老者都七八十岁了，他们也没见过水井巷里的水井，可见水井有多古，水井巷有多老。

我就想：也许是宋朝，或唐朝，甚至更远的汉朝，就有这个水井巷了吧？那时，旷野沃土，地广人稀，城池初建，掘土见水，凿而为井，井水清冽，昼照人影，夜映星辰。古语有所谓"市井"之说，市在井边，井在市中，人在市井。一片市井，就是一个社区，一个小社会。一口井，就成为一个社区的中心。水井，是取水的地方，井畔也可洗衣、洗菜。我小时候就在县城见过水

我们都需要并不断在找寻类似的能够让我们沉静下来的地方。有的人的"静心场"在家里，有的人在书籍里，有的人在音乐中……

用四字格来描述"那时"的情景，让人顿感庄重典雅，心生敬畏和向往。

井不远处有妇女洗衣，用的是皂角，无污染，洗衣的水带着一股草木香气，顺着沟渠哗啦啦地流走了。

水井，既是生活的中心，也是交流的中心。人们在水井边等候取水的时候，就是一次小型聚会，家长里短，生存忧乐，本朝盛事，上古传说……赵家长子考中了举人，王家老二娶了个贤惠媳妇，邻居秀才撰了一副对仗工整、意味蕴藉的春联，黄家掌柜前几天进山做割漆生意遇到了土匪，城北的一家茶馆，那说书人把水浒一百零八将都说活了，好像个个他都见过，是他家亲戚……

水井荡漾着市声，传播着文化，润养着风情。

我一次次走在水井巷里，有时只默默走路，心里并不想什么，心里很淡远、很空阔，就觉得不枉了平日修行功夫，自己总算多少有了点息念的定力和禅意；有时，慢慢走着，心里也零星想点什么，就发现，在这古巷里，心思一动，就起了思古幽情，却无关世俗是非，尽想些古旧时光的情景。

在唐朝，某个春日黄昏，一位漫游的诗人路过水井巷。他看见住家院子里，梨花飘雪，

作者在《一个古老村庄消失的前夜》也曾说："淘井，这是村庄的盛大节日，大人喜悦，孩子欢笑，连村庄的狗受了感染也跟着人们四处撒欢，瞎起哄。"

"这古井"见证了多少前尘往事，在时光长河的流淌中收藏了多少珍贵回忆！

桃花却开始凋零，落红凄迷，水井边的柳丝摇
着他隐隐的感伤和诗思，一首七绝吟到一半，
他已走出了巷子，剩下的两句，是在投宿的另
一条巷子里边走边吟的。当晚，他为琢磨诗
句，竟失眠了，索性披衣起床，又走一遍水井
巷，他来来回回地默想，平平仄仄地推敲，到
了后半夜，远处隐约的钟声，附近的水桶碰撞
声，小贩早起的叫卖声，一起涌进诗里，终于
为这首诗押了水灵灵的韵。就这样，在全唐诗
的浩瀚诗海里，至今起伏着水井巷的几点
涟漪。

在宋朝，戎马梁州（汉中古称梁州）的陆
游，数年驻守巴山汉水，他一定走遍了这个小
城，这是个文武双全的诗人，他曾在汉山一带打
过一头老虎。在梁州城里，他的身心放松下来，
见到的该是另一番温润情景吧？小桥流水人家，
黑瓦青竹荷花，米酒豆腐绿茶。噫，转过戏楼，
过了祠堂，他拐进了一条水汽氤氲的小巷，井台
上，女子们咿呀软语，孩儿们追逐嬉耍，化缘的
僧人背影刚闪过街角，卖货郎的货郎鼓已摇进巷
口。哦，这陋巷不陋，藏着民间的繁华；这水井
很深，漾着生活的意趣。他向挑水的女子要了一
勺井水，他老家江南的水与这里的水，竟是一样

汉中市是陕西
省下辖地级行
政区（市），古
称南郑、兴元、
梁州、天汉，
是汉朝的重要
发祥地，也与
汉族这一称谓
的形成有直接
的关系。

有《陆游与汉中》一书，介绍了陆游在汉中的经历及创作，感兴趣的同学可找来翻阅。

的清醇，他一饮而下。从此，他的诗词里，激荡着壮烈虎啸，也呢喃着水乡清音。

在明朝，在清朝，在民国，水井巷的那眼深井，一直荡漾着，荡漾着，接通着地底的泉源，涌动着一泓清流。那井水，浇灌着这里的日子和风情，滋养着人们的眼神和口音。当然，那井水，也熬着祖传的中药，延续着、也医治着祖传的疾病。那井水，还润过笔墨和书香，延续着、也修行着祖传的斯文。

而在更古老的时候，在汉朝，在春秋，在更久远的上古，在没有水井巷的时候，这里，就有水脉涌动，古泉荡漾，倒映着九天银河。

一代代的人们喝过这井水，走过这小巷，有人还边走边敲着两边院墙的砖石，或伸手摘一朵斜倚墙头的桃花。落日，将他薄薄的影子，恍惚贴在墙壁，一转眼，就不见了……

我过一段就要到水井巷走一走，在水井的遗址，我聆听千年水声、万古足音。

人，需要时不时离开自己一会儿，离开自己的时代一会儿，到更深的源头去。在古老的井台，听听时光的水声和祖先的叮咛，听听一言不发的历史在对我们耳语什么。

在小巷深深的安静里，我知道，白驹过隙，

我不过是历史深巷里一闪而过的过客。

　　此时，夜深了，我又走进水井巷，我依稀看见，那在井台上打水的先人，他恭敬地弯着腰，他轻轻放下井绳，他正在打捞古代的那些星星……

时　间　崇　拜

写作源于爱，源于爱人生，爱大自然，爱真善美，爱语言……自然也包括对写作这件事情的爱。这些说法都对，也已经成为常识了。但我总觉得这些说法还没有说到点子上，还没有点中最主要的穴位。说法太普泛，太原则化，就等于没说。如同谁说"吃饱了不饿"，这话很对，可惜是一句废话。说得太正确的话，大都是废话。

写作源于爱，又有哪一件事不是源于"爱"呢？比如：商人爱钱，官人爱权，名人爱名，英雄爱他的宝剑，美人爱她脸上的那颗美人痣，屠夫爱他的屠刀，小孩爱他的玩具……

我觉得写作最核心的动力，也就是写作者最主要的情结，是对时间的崇拜。

崇拜时间，奉时间为自己最伟大的偶像和帝王，这是古今中外写作者真正的动力资源。

杜甫诗云："尔曹身与名俱灭，不废江河万古流。"杜甫一生经历了巨大的历史动荡和人间

同学们宜学习如此由浅近至深入的方式，学习在开篇提出文章核心观点的写法。

苦难，阅尽了"朱门酒肉臭，路有冻死骨"的不公正社会的黑暗和罪恶，他本人也与最底层的人民一道颠沛流离，饱饮了那个时代最苦的苦酒，在这"感时花溅泪，恨别鸟惊心"的苍茫时分，他内心里始终坚持着一个强大的信仰：唯有诗能战胜苦难和死亡，诗会把他的身影和身影里的大地江河交给时间去珍藏，他的诗将随时间一道流传下去。一切都可以被摧毁，帝王霸业，不可一世的权贵，得意忘形的金钱，都会被时间一扫而空，唯有时间不可摧毁，被时间收藏的诗不可摧毁。因此他说："尔曹身与名俱灭，不废江河万古流。"他的诗正如那滚滚江河，浩荡天地，万古奔流。对时间的信仰保证了杜甫对诗的持续终生的"敬业精神"，他把每一滴心血都交给了诗，他的诗是诗情、诗才、诗艺的最完美的结晶。即使在逃难途中，他也未曾一日中断诗的写作。狼烟、烽火、落日、残月，都一一化作苍凉的诗行。当他有了一段短暂的闲适生活，他惊喜地从自然风物和日常起居中感受到丰富细腻的温情和逸兴："留连戏蝶时时舞，自在娇莺恰恰啼。""细雨鱼儿出，微风燕子斜。""花径不曾缘客扫，蓬门今始为君开。"……他把每一次心跳都化作了诗的韵脚，凡经历和感受到的一切，都被他变

我们所写的文章亦会成为专属于我们个体生命的时光之收藏。那些经典之作则堪称我们人类全体生命可共同享用的时光之收藏。

杜甫的思想核心是儒家的仁政思想，他的诗歌创作，始终贯穿着忧国忧民这条主线，由此可见杜甫的伟大。

这是杜甫对自己生命时间的收藏，也成了他留给我们的宝贵财富。

成诗，变成时间的见证和记忆。杜甫的一生是"高效率"的一生，任何遭遇，对他都是一种有效投入，他的诗心把它们转化成感天动地的诗，时代给他多少苦难和孤寂，时间就将在他这里收获多少诗的珍珠。"语不惊人死不休"，这是诗人对诗、对时间的宣誓。他的诗感动了当时，也感动了千古。对时间的崇拜，使诗人充分经历了他所身处的时代，又超越了那个时代。苦难的时代留下了破碎的江山和饥饿的人民，诗人杜甫却为后世留下了完整的诗卷和丰富的记忆。

杜甫如此，又有哪一个伟大文学家、诗人不是如此呢？屈原遭放逐，但他相信时间不会遗弃他香草般的美德，楚王可以修改法令，岂能修改时间的律法？最终是时间战胜了权力，被放逐的屈原在时间中得到永生。但丁被驱逐出佛罗伦萨，在流浪途中，他紧握苦难授予他的如椽大笔，建筑了包罗万象、贯通人神的地狱、炼狱、天堂。时至今日，我们仍能感受到那饱经沧桑的灵魂，一步步达到真理与至爱境界时所体验到的内心的宁静和幸福。

"虽九死而未悔""衣带渐宽终不悔，为伊消得人憔悴"……这些伟大的写作者何以如此痴心？

因此杜甫的诗歌又被称为"诗史"。"诗史"是指杜甫诗歌中所体现出来的"善陈时事"的现实主义精神和创作方法，"诗史"除了指作品所写的题材涉及社会重大事件外，还指作品所体现出来的思想认识是深刻的，对社会具有比较大的正面的思想教育作用。

他们崇拜时间。

不错，我们都栖居在空间中。空间是我们上演喜怒哀乐、生老病死戏剧的场所。大部分人都只有对空间（戏台）的体验，却少有或没有对时间的体验。戏剧演完了，演员也就谢幕了、消失了，又有同样或不同的戏剧由别的角色上演，如此周而复始，轮回不已。空间只临时保管我们的肉体，时间却保存我们的灵魂，时间使我们拥有无限延展的精神生命。一个精神富有的人不只占有活着的这一小段时间，他通过阅读和信仰，通过智性沉思和审美沉浸，通过心灵漫游和精神创造，他通过这种种内在的灵性生活，将无穷的时间纳入他的生命时空和内在体验之中，他和已经死去的先人们一同经历了无数次死亡，他和尚未出生的后来的人们一同经历了无数次诞生，他的内心是一片古今共存、生死共舞的无涯际的梦幻汪洋。他生命体验的密度、广度、深度和强度因此而无限地增加了。杰出的写作者，就是为流逝的岁月保存记忆、为后来的人们留下遗嘱的人，就是为速朽生命和漂泊灵魂打造不朽方舟的人，我们生命中有价值的时刻，那些有光泽的灵魂，一旦放进了这样的文字之舟，就会随着时间一道驶向永恒。

愿你的内心也能如此宽广而丰富。

你怎样理解这里作者所说的"卓然独立的生命品格"?为何崇拜时间的纯粹的写作者能如此?作者已经给了我们答案。

崇拜时间,使这些纯粹的写作者拥有了卓然独立的生命品格和将其贯彻终生的内心历程。物欲横流,不会修改他精神的河床;蝇飞狗跳,不会移动他内心的古琴;塌方的山体只会使他体验到岩石的疼痛,却不会降低他生命的海拔;汹涌的泥石流,使他在平庸的教科书和浅薄的时政报道之外,读到另一种触目惊心的社会地质学和精神气象学;股市飞涨,物价飞涨,流言飞涨,仰起头来,他看见横贯千秋的银河仍不慌不忙地从容流淌;病毒流行的季节,他保持了与假药的距离,与庸医的距离,从月亮的脸上,他读到了怜悯的感情,月亮啊,你才是一枚永不失效的清凉膏药,世世代代贴在高烧的穴位上,治疗着大地的狂躁症。一枚恐龙蛋,使他看到时间的无情和多情,在毁灭的同时,它毕竟留下了这椭圆形的欲望,而在我们的生命中,有多少蛋将被打碎,将会成灰,又有多少蛋将被时间捧在手中,出现在另一片旷野?

崇拜时间,在写作之外也会使我们的生命和心灵拥有更多的藏品和更高的格局。

崇拜时间,使他们省略了别的东西带来的诱惑,比如流行的面具、流行的帽子、流行的赌博、流行的掌声、流行的花环……他们义无反顾地为生命刻碑,为心灵立传,"为永恒服役"。

崇拜时间,使他们把写作看得神圣,他们把

写作的尺度严格定位在高水准上，他们心无旁骛地专注于内心的体验和艺术的修炼，他们视写作为"千古事"，时间是他们的监工和终审，他们不敢敷衍时间、荒芜千古，他们要对时间负责，对千古负责。古代的写作者大都有这种"千古"意识，所以他们总有杰作留传下来。

这是我国古代文人"立言"之不朽追求。

不为"时间"写作，只为"时尚"制作，这是商业社会写作者（码字者）的普遍心态，千方百计迎合时尚，讨好市场，只图卖个好价钱，手中的笔变成风中毛竹，俯仰摇摆，都是招徕。文字垃圾铺天盖地，精品杰作寥若晨星。置身这泡沫泛滥的沙滩，我倍加怀念那些崇拜时间，为永恒留言的写作者们。

有人说，经典文学作品是所指大于能指的，而商品经济下的文学则是能指大于所指的。

他们崇拜时间，时间的海水漫过他们内心，留下盐、贝壳、珍珠和沉船的碎片，以及沧海桑田的往事。最终他们变成时间。

"他们"变成全体人类整体生命的时光之收藏。

看望王医生

那天我感冒了，就到药店买了一点药。人的身体的变化常常左右人的情绪，头痛，全身不爽，于是有关病的思绪就活跃起来了。走在街上，我一会儿想，我的晚年不知会被什么病纠缠住，什么病会把我转交给死神；一会儿又想，这奔忙的、紧张的、看起来充满活力的人群，或迟或早都会陆续被某种病盯住，甚至击倒，几乎所有的人最终都被时间摁倒在病床上，死神，终将捉拿每一个人……就在这时，我的一个喷嚏拯救了我病态的想象，我对着太阳俯仰了大约一分钟，发出不那么悦耳的一串怪声，思绪就在这会儿转了一个弯，由幽暗忽而明朗。我使劲揉了几下太阳穴，心里对自己说：不过是感冒，干吗思绪这样低迷？看看太阳吧，它正当盛年，举着火把仍在宇宙中奔跑。再看看远处的山，多少亿年了，仍站在那儿，时间并没有降低它的高度，削弱它的风骨，或改变山脉的走向。怕什么？赶快

"奔跑"的"太阳"和"远处的山"给了我阳光和力量。人在病中正需要这样的"正能量"。我们在病的时候，也宜多看看太阳和远山，以积极健康的心态应对。

238

吃药，好好活着，向人群、也向自己祝福吧。

于是我微笑着把目光再次投向人群，向他们道歉，请他们原谅我刚才的不良想象，祝他们健康、好运。当然，这一切都是在我内心里进行的。

又在街上走了一会儿，路过一个医院，我停下，忽然想起来，在十五六年前，我曾在这里做过两次手术。记得那年秋天，我的后背上生了两个毒疮，疮很大、很痛，据说是多头疮，疮的周围同时有几个地方化脓，围绕一个疼痛的中心，它们像浓艳的花朵，绕着病灶盛开。我连续几天几夜无法在床上休息，困极了，就倚在桌子上打一会儿盹。后来有人介绍说这所医院有一位专门治疗毒疮的外科医生，医术好，对病人也和蔼周到。于是我就找到了他的科室，他好像姓王，当时约有 40 多岁，瘦高个，背微驼，看人时眼神很专注，好像盯在身体的某个点上——大约是因为他面对的病人身上总是带着一个或多个伤口或病灶，而且他必须一一解决和清除它们，<u>年深月久</u>，就形成了这种眼神，他看一个个人，就像在注视一个个痛点。

第一次手术比较简单，他用镊子清理了红肿的疮口，又用蘸了酒精的棉球涂抹，最后敷上黄

<u>这是职业和岁月合作在"王医生"身上留下的痕迹。不妨观察一下身边的人，看看他们有没有类似的时光痕迹。</u>

色的药膏，用纱布包好，用胶布固定下来。他说：这药膏是催脓的，让疮熟透，然后再排脓。他叮嘱，千万不能自己挤疮，弄不好会引起更大的麻烦。生疮，说明体内有火毒，疮，就是火毒自己为自己找的出口，你不能堵截它，堵回去，它会在体内捣乱。就给它留个出路，让它在那里充分地释放、燃烧，像花朵，像果实，熟透了，就凋落了。他的描绘很生动，我不由对他多了几分尊敬。他能以幽默的态度看待那些不免让人恶心的毒疮，我心想，这也许会缓解这种枯燥职业带给他的无聊、焦虑和烦闷。我问他每天能接待多少病人，也即接待多少毒疮？他说，不多，也不少，也就二十来个，总之，手是不会闲的。这时，我看见有两个病人弯着腰、咧着嘴进门来了，我知道疮又来了，急忙点头向他告别。

第二次手术是在四五天之后进行的，用他的话说就是瓜熟蒂落，其实就是排脓、清理伤口。工具依然是镊子、剪子、棉球等。倒不是很痛，剧烈的疼痛已过去了，毒火经过充分的燃烧释放，把我身体的一部分、皮肉的一部分折腾成废墟和沼泽，折腾成废物。王医生轻轻地说，不要怕，不要紧张，病毒就要离开你了，放松一些，为它送行。过了一会儿，他说，愿意看看吗？这

我们生活中的很多问题都不能"堵截"它的"出口"，而要给"它"以充分的释放空间。

职业和岁月还陪伴"王医生"练就了好心态。

能看出"王医生"医术的娴熟，对病人细致温润的照顾，和淡然乐观的心态。

些废物。我转过身，我看见手术盘子里我那废掉了的一部分皮肉，真是不忍目睹，我们美丽的肉身，一旦被病毒或死亡控制，竟会变成这样。我当时忍不住望了一眼墙角的垃圾桶，好家伙，大半桶，都是死掉的皮肉。曾经，它们在身体上被珍藏、被爱抚，作为肌肉、线条、美感、性感的一部分，存在着、鲜活着，后来被毒火蒸腾成沼泽，焚烧成废墟，如今竟成为人们避之不及的秽物和垃圾。

我在医院外面想着这些往事，真快，一晃十五六年过去了，那时我还是刚 30 岁出头的小伙子，他，王医生也不过是 40 岁出头的中年人。现在，我们都有些老了，王医生大概快退休了吧？我下意识地摸了摸自己的背部，正好摸到了两处疤痕，没错，正是它们，两个疮的遗址，两个废墟，两个当年的痛点，它们仍完整地保存在我的身体上。像大地上发生过的所有战争和灾荒，苦难和疼痛过去了，而伤痕永久地留下来。人类的考古，多一半是在考察过去的痛点，我们兴高采烈的重大考古发现，很可能是若干年前一场天塌地陷的灾难。我背上的疤痕，记录着多年前那令人难以忍受的疼痛。王医生，他缓解了、最终解除了我的疼痛。疤痕保存着对他的手的记

这是我们身体保存着的时光之收藏。刻在身体上的岁月痕迹中，有"我"曾经的苦痛的生命体验，又有结识"王医生"给"我"带来的生命沉思和感恩。

忆。这是他经手过的一次身体事件。疼痛，把一双手邀请到我的身体上，一双陌生的手为一个陌生的身体效劳；病痛，使它们相识并熟悉。疤痕，如此忠实地保存着对一双手的感激和记忆。

我忽然想去看看这双手，看看王医生。

我上到医院的三楼，还是当年那座楼，科室的位置也没有变化。我找到了外二科，我站在门口，向里面望去，我看见屋里挤满了病人，这么多害疮的人，这么多痛点。记得一位外国作家说过的一句名言：在医院才知道这世上有这么多、这么多病人；在医院才知道，其实我们全都是病人。在许多病人、许多痛点的包围里，我看见了他——没错，正是王医生，他在手术灯下弯着腰为那个也弯着腰的害疮的病人做着手术，我记起了他十多年前对我说的那些话：熟透了，就瓜熟蒂落……

那么多害疮的人，那么多痛点等着他，我实在不好意思打扰他，我本来是要向他问好的，并且想再次感谢他当年的周到治疗，如果他记不起来我是谁，想不起我与他有什么关系，我也有可能撩起衣服，让他看看我背上的两处疤痕，那里，保存着对他的手，对他的医术的记忆。

然而我只能站在门外，远远地看着他。比起

岁月在"王医生"的身上留下了新的痕迹。

当年，他是老多了，头发几乎全白了，背也驼得更厉害，那专注的眼睛上已架着深度的近视眼镜；他手里拿着的仍是镊子、剪子、棉球；墙角，是一个塑料垃圾桶；略有不同的，是那手术灯，比当年精致些，也更亮些。

我想着他的那双眼睛，几十年里，就盯着病灶、疮和痛点，就目送那些废掉的皮肉离开一个个身体。

我想着他的那双手，始终重复着一些固定的程序和动作，揭开疮疤，剔去腐肉，清洗伤口。就是这样，总是这样：解除一个痛点又接待一个痛点，抚平一个伤口又面对一个伤口。

就这样，一生，或大半生，就快过去了。

他的腰，因为总要弯下去才能面对疼痛和伤口，所以看起来是越来越驼了。一种职业就这样为一个人的身体和他的一生确定了弧度。

我又看了一眼王医生，他白发的头，他弯着腰的身体，他手中忙碌的镊子、剪子。

我慢慢地下了楼，走上了街，我忽然有些难过：一种职业，可以让一个人在层出不穷的伤口里度过一生；这个世界固然有无数美景，但日复一日年复一年，他的眼睛只能全神贯注地审视那些身体中腐烂疼痛的部分。

"职业"给"王医生"的身体留下了我们看得见的"弧度"，也留下了在与其交往中才能感受到的他那仁厚温和的人生态度。

就因为有这样的手，和这样的眼睛，我们的手和眼睛，才获得了较多一点的自由和美感，去手舞足蹈，去拈花微笑，去焚香诵经，去读书写诗，去登高望远。

过些天，等感冒好了，我一定要去看望王医生……

中年这部手机

我有一个感觉，越是年岁小的时候，记忆和故事就越多。

幼儿时代记忆最多，与虫虫蚂蚁见一次面都是故事，与蜜蜂蝴蝶撞个满怀都是奇遇，被阿姨表扬一次都是无上幸福……小学次之，但这毕竟是"幼儿时代"的延续，好奇与天真依然编织了许多缤纷记忆；中学又次之，沉重的学业奴役着青春年华，除非发生初恋，这段年轮里难有大的刻痕；大学更次之，社会就在门外翻滚，市场就在窗外喧嚣，浪漫的憧憬已渐渐暗淡，热烈的幕布也缓缓合拢，求职、考研、考博、中产阶级、成功人士……不着边际的理想终于尘埃落定，生活露出了它缺少诗意却极端严酷的真相，你不得不按照社会的订单制造自己并尽早把自己推销出去。这期间，如果没有一场热恋发生，天上不掉下一个大馅饼，或半夜里出现一道虹，你的记忆大致是平铺直叙的，难有高潮段落和经典细节。

精准概括了我们这代人的成长历程和感受。我们用尽全力，拼命追赶，才过上平凡的一生；却在这追赶的过程中不断地失去，不断地麻木。我们在时光的磨洗下终会变成什么样子？

245

到了我这个年纪，生命好像已缺少了制造记忆的功能，实际上是缺少了创造故事的激情，没有故事，哪有记忆？属于自己的时光是越来越短了，但填充在时光里的材料——故事、场景、感觉、情思，却越来越稀薄，许多时间都留下了空格，记忆的密度越来越小了。生命是用来填空的，为你拥有的这一段时间填空。在不明白这个道理的时候，我们是小孩，却那么出色地为早期的生命填了空，填得密密实实、红红绿绿、真真切切。当懂得了这番道理后，我们却失去了填空的能力，用以填空的素材也似乎越来越少了。眼看着生命带着大量的空格随时间流走，真是"人生常恨水常东"，空悲切。

读书不过是用别人的故事、记忆、情感、思想为自己的生命填空。这样的充填物，或许很高级、很珍贵，但毕竟是"二手货"，填进自己的生命空格，总是隔了一层，难以水乳交融。真正能与自己融为一体的，还是亲身经历的。

与人交往，希望有故事发生，但很难有故事发生，人们都活在自己的角色里，都有自己确认、接纳、复制、删除等那一套严密程序。你很难有逸出常规的激情，即使程序偶尔"刷新"，但你刷出的还是那个陈旧的自己。在工商社会温

是啊！很多时候，我们更愿意活在自己的世界里，只看到自己想看的，只听到自己想听的，只在乎自己想在乎的，长此以往，我们的生命格局也许会在这不断的自我强化中变得越来越狭窄。

情脉脉的面纱里面，不能说没有一点温情，但是，温情脉脉的面纱之外，毕竟是一个奉行等价交换原则的市场，因此，除了等价交换，除了计算和消费，多数情况下不会有什么奇迹发生。与人相遇，更像是短信遭遇手机，匆匆打开，匆匆浏览，匆匆删除。而那所谓"经典的"信息，很可能恰恰是"公共的"快餐，要不了多久，也将被永远删除。

我忽然觉得，中年这部手机，它最活跃的、也是最常用的功能，竟是：删除。

删除之后，你还得把这部刚刚清空的手机，别在命运的腰里……

对孩子说（代跋）

　　你必须吃很多粮食、蔬菜、水果，饮很多水和奶，才能渐渐增长自己的身高和体重。记住，是土地供给你营养，让你渐渐高出土地，你不要忘了随时低下头来，甚至要全身心匍匐在地面上，看看土地的面容和伤痕。为了你站起来，土地一直谦卑地匍匐着，在伟大的土地面前，你一定要学会谦卑。

　　为了生长，你不得不多吃一些东西，这就不得不请求别的生命的帮助，这就难以避免地伤害了它们。憨厚的猪、忠实的牛、活泼的鱼、诚恳的鸡……都帮助了你的生长，多少牺牲构成了生命的庙宇。看似理所当然的过程，实际却充满着疼痛和伤害。为此，感恩和忏悔应该成为你一生的功课，这样或许沉重了些，但沉重之后，你将获得真正的美德。

　　你将吃很多的盐，然后渐渐汇成内心的深海，并体会那种咸的感情。

　　你将翻过许多山，很可能你找不到通向峰顶的路径，那么继续攀登吧，许多迂回重复的路，使你的记忆弯曲并有了深度；而当你终于到达一座山顶，你会看到更远处那积雪的山峰，于是你知道，你必须不停地出发，生命就是不停地开始，只有过程，没

248

有顶点。

你必须经历很多个夜晚，为此，你应该多准备一些灯盏。学会把灯高高地举起，不仅照亮自己的夜晚，也为远处的另一位夜行者提示了路的存在。

永远向高处、向远处敞开胸怀，你将获得辽阔的胸怀和源源不竭的激情。

但是孩子，你必须随时把目光从高处、远处收回，看看低处。学会尊重和热爱低处吧，热爱低处的人，热爱低处的劳动，热爱低处的水域，并化作一滴水汇入低处吧。最低处的海，最低处的水，养活着这个世界。

当然，孩子，我仍然没有说清楚什么，真理的金子是隐藏在黑夜的泥沙里的。为此，你必须走向你的河流，深入你的波涛。淘洗和寻觅吧，当整整一条河流都从你的手指间漫过，或许你会发现一些闪光的颗粒。

即使注定不会有什么发现，你也必须走向河流，与它一同发源，一同奔流，一同历险，一同化入苍茫。

孩子，向自己的河流走去吧……

图书在版编目（CIP）数据

点亮灵魂的灯:李汉荣散文精读/李汉荣原著;葛琪琪编注. —上海:复旦大学出版社,
2020.11
（著名中学师生推荐书系/黄荣华主编）
ISBN 978-7-309-15272-2

Ⅰ.①点…　Ⅱ.①李…②葛…　Ⅲ.①散文集-中国-当代　Ⅳ.①I267

中国版本图书馆 CIP 数据核字（2020）第 154560 号

点亮灵魂的灯:李汉荣散文精读
李汉荣　原著
葛琪琪　编注
责任编辑/李又顺

复旦大学出版社有限公司出版发行
上海市国权路 579 号　邮编:200433
网址: fupnet@ fudanpress. com　http://www.fudanpress. com
门市零售: 86-21-65102580　团体订购: 86-21-65104505
外埠邮购: 86-21-65642846　出版部电话: 86-21-65642845
上海崇明裕安印刷厂

开本 890×1240　1/32　印张 8.5　字数 169 千
2020 年 11 月第 1 版第 1 次印刷

ISBN 978-7-309-15272-2/I · 1247
定价: 42.00 元